U0943522

蚂蚁小说

蚂/蚁/小/说

总策划：张海君 李智能
总主编：肖　晨

# 最后的微笑

彩　红　宋炳成／著

疼，是吗？……整个人像脱了力一样瘫软在他怀里，没有一丝力气。……我想哭，可是，没有眼泪。她的声音有些颤抖，细微如睡梦中的呓语。

吉林大学出版社

**图书在版编目（CIP）数据**

最后的微笑／彩红 宋炳成著．——长春：吉林大学出版社，2012.1

（读写新概念·蚂蚁小说）

ISBN 978－7－5601－8174－5

Ⅰ．①最… Ⅱ．①彩… Ⅲ．①小小说—小说集—中国当代 Ⅳ．①I247．8

中国版本图书馆 CIP 数据核字（2012）第 026494 号

书　名：最后的微笑

作　者：彩　红　宋炳成　著

责任编辑：朱进　责任校对：朱　桥　　封面设计：晴晨工作室

吉林大学出版社出版、发行　　三河市嵩川印刷有限公司　印刷

开本：787×1092　毫米　1/16　　2012 年4月　第1版

印张：13　　字数：170 千字　　2020 年3月　第2次印刷

ISBN 978－7－5601－8174－5　　定价：25.80元



社址：长春市人民大街4059号　　邮编：130021

发行部电话：0431－89580026/28/29

网址：http：//www. jlup. com. cn

E－mail：jlup@ mail. jlu. edu. cn

# 目录

目录

# 目录

# 目录

# 目录

目录

# 目录

# 总序：蚂蚁小说——读写训练的新方向

最近几年，随着社会生活的发展、传播手段的更新，一种新兴文体——蚂蚁小说，越来越受到社会各界的注目。

2007年8月，《百花园》杂志首次发表了作家王豪鸣的《蚂蚁小说四题》，随后于2008年第1期起开设了“蚂蚁小说”专栏，这种新文体由此得名。此后国内众多报刊杂志也刊发蚂蚁小说的作品，短短几年的时间，蚂蚁小说的作品数量急剧增长。蚂蚁小说，脱胎于微型小说，篇幅比微型小说还短，字数通常限定在500字以内。

之所以命名为“蚂蚁”，用作家王豪鸣的话说，“蚂蚁小说的形体细如蚂蚁，却是一个完整的生命体，一个‘大力神’。”这是一种体制虽小却能包罗万象的小说样式。而且它的传播方式也一改传统，除了报纸、杂志等纸质媒介外，更广泛地出现在手机、网络等电子媒介上，还可以用于广告宣传。“总之，一切商业性、休闲性、工具性的书写物件，都是蚂蚁小说的天然载体。”(王豪鸣语)

日本著名微型小说家星新一认为，微型小说应具备三个要素：一、立意新颖奇特，二、情节相对完整，三、结尾出人意料。蚂蚁小说的一部分作品仍然遵循着这些传统创作而成，以精心的构思和奇妙的情节令人拍案叫绝。还有一部分作品呈现散文化的倾向，淡化情节的同时注重抒情，作品具有散文与诗歌的特质。还有些作品大胆创新，借鉴其他文体诸如小品、杂文、寓言的手法与风格，别具意味与情致。

由于蚂蚁小说精短新奇，一经出现便受到读者的广泛关注和喜爱。而它灵活多样的传播方式，也吸引和方便了更多的作家和社会各行各业的文学爱好者加入到创作队伍中来，使得蚂蚁小说的作者群更为壮大。这也是蚂蚁小说有别于其他文学样式的鲜明特点。因此，蚂蚁小说虽然诞生时间短，却作品数量多，创作手法多样，呈现多姿多彩的繁荣态势。蚂蚁小说自问世以来，也得到了广大师生的喜爱，有些优秀的作品还被某些高校选入写作教材，这表明蚂蚁小说不仅是学生阅读素材的有益补充，还可以作为一种可操作的文体来提高学生的写作水平。

阅读和写作历来是语文教学的重点，二者相辅相成，互为补充。通过阅读，学生既能提高欣赏鉴别水平和分析判断能力，还能够积累写作素材，学习和内化各种写作知识。因此，多读书、读好书是提高阅读和写作水平的关键。在当今信息爆炸的时代，学生除了要阅读经典作品，还要不断更新素材、扩展阅读方向，在浩如烟海的信息中筛选需要的信息，这无疑对学生的阅读能力提出了更高的要求。蚂蚁小说无论从内容到写作形式，都能满足学生阅读和写作训练的需要。

纵观近年来全国各地中高考的作文题目，命题形式虽然变化多样，但基本以考察学生的人文素养和对社会的关注为主要目标，这种趋势引导着学生要扩大生活视野，对社会、对人生予以关注和思考。学生一方面要置身于社会生活中亲自体验，更多的还是通过阅读来丰富认识和体会。蚂蚁小说从来以创作紧贴时代、快速及时地反映社会生活和潮流动向见长，在表现上通常选取生活中的某一场景或瞬间，把小题材放在广阔的社会及历史背景前面展开，并深入开拓，使得作品以小见大，有着深刻的意蕴。在阅读过程中，学生在作品的引领下认识社会生活的各个侧面，深入思考其中的意义，还可以学习作者如何敏锐地观察生活，揣摩作者的写作视角和思考方式。因此对于阅历有限、生活经验不足的学生来说，蚂蚁小说这种“借一斑而知全豹，以一目尽传精神”的写作手法对训练他们的观察和思考能力是大有裨益的。

蚂蚁小说篇幅短小，在构思上追求布局的精巧，通过借助多种艺术手法，以达到平中见奇的效果。这就好比“螺蛳壳里做道场”，作者在有限的空间里躲闪腾挪、苦心经营。这一特点与学生写作的训练目标是基本一致的。学生不仅要熟练运用各种写作手法，还要求会剪裁素材、设计结构、塑造人物形象、处理虚与实的关系等，这些学习内容都可以在蚂蚁小说中找到合适的范例。由于字数的限制，蚂蚁小说的语言极为精练，有很强的艺术表现力。作者要对现实生活进行高度艺术化的提炼和集中，以最少的文字涵纳最多的信息，因此无论是故事叙述语言还是人物语言，都言外有意、耐人寻味。学生在阅读中认真体会和学习蚂蚁小说的语言特色，并在自己的写作实践中运用，必然会增强学生对语言的驾驭能力，并形成个人的语言风格。

单纯从文体写作的角度看，蚂蚁小说也是一种非常适合学生尝试的文体。它与学生的习作有很多相近之处。在内容上，蚂蚁小说贴近生活，反映社会现实；在篇幅上，蚂蚁小说的长短与学生习作的规模相当；写作形式上，蚂蚁小说近似于学生习作中的记叙文和散文；写作手法上看，学生需要了解和运用的所有文学作品中常用的表现手法都在蚂蚁小说中普遍运用。因此，蚂蚁小说很接近学生的写作实际，容易引起学生的学习兴趣和热情，使他们的写作能力得到全面的锻炼和提升。

可以说，蚂蚁小说对提高学生阅读和写作各方面能力是非常有帮助的，它的出现可以为广大语文教师和学生打开语文读写训练的新思路，开拓新的方向。本丛书编辑了近几年发表的蚂蚁小说的优秀作品，把蚂蚁小说创作的成果集中呈现在读者面前，希望它能给人们带来文学艺术享受的同时，也能对我国的语文教育尽一份力量。

# 第一辑

# 觉性之光

亲爱的王小姐

情人玫瑰

人 证

K庄园

爱莲莫哭

别给老婆买裙子

初相遇

阿眯的钱事

……

## 亲爱的王小姐

这天轮到老公做饭，下班后她到书店蹭书看。

她被最新一期的《推理小说》吸引了，本来想看几眼就放下，可是那个案子写得挺复杂，特别是情节，紧张又刺激，她是欲罢不能，最后见时间不早了，只好付钱买下，匆匆离开书店。

在楼下，她看见家里的灯亮了。

她按了门铃，来开门的不是老公，是一个灰头土脸的壮实男人。她警惕地朝屋里望了望，屋里的东西有些乱，阳台上好像还有一个人。

是贼?!

她对自己说千万要镇定，首先得想办法脱身才行。她问：王小姐在家吗?

王小姐？男人先是一愣，然后才说：哦！她不在。

她说：我是来还书的。

她扬了扬手上的《推理小说》：她要不在家，我下次再来。说完她转身走了。

一到楼下，她就报了警。

警察很快就来了，两个陌生人说自己是这家人的亲戚。正说着，她老公手里拎着大袋小包的鱼肉青菜回来了。这事让她闹得个大红脸。

晚上睡觉了，她还捧着那本《推理小说》追着看，老公想亲热，她紧张地说，强奸犯就要被抓住了，我知道是哪个！

丈夫很无助：亲爱的王小姐，你整天看推理小说，把亲戚都推理成贼了，再看下去，我也会被你推理成强奸犯的。

对了！强奸犯就是女主人的丈夫！我猜对了！她叫了起来。

# 情人玫瑰

他出差经过省城，正巧遇着情人礼品商店开张，导购小姐热情地邀请他进店购物。

他脸红红地说，我没有情人，不需要你们的商品。导购小姐递给他一朵丝绢玫瑰花，声音甜甜地说，先生，送你一朵情人玫瑰，欢迎你光临本店。他接过情人玫瑰，下意识地看了看周围，忐忐忑忑地走进了情人礼品商店。

情人礼品商店不是他想象中的那样暧昧，商品时尚，包装精美，因为是新开张，价格优惠，他一高兴，买了好大一堆。有情侣装运动服，情侣杯子，情侣毛巾，情侣拖鞋……当然，这些东西都是用来与妻子分享的，因为他的确没有情人。

从省城回家，他滔滔不绝地给妻子讲自己的见闻。当然也讲到了情人礼品商店。他没好意思说导购小姐送了他一朵情人玫瑰。

有一天，妻子在他出差穿的那条西裤口袋里翻出了一条玫瑰红色的女式丝绢内裤。他绞尽脑汁也说不清楚，这东西是怎么到他身上来的。

许多年后的一天夜里，他从梦里惊醒，突然记起这事，叫了起来，情人玫瑰！是那朵情人玫瑰！它原来是一条女人的内裤呀！妻子被手舞足蹈的他弄醒了，反手掐住他，说，什么女人的内裤！什么情人玫瑰！

## 人　证

小镇上发生了一起命案，一个初三的女学生死了，尸体是在河里发现的，但她不是溺死的。这个女学生平时就跟一群烂仔混在一起，出事情是迟早的事。她现在死了，人命关天。警察把那些平日和女孩瞎混的烂仔一一找去问话。

因为事关人命，烂仔们都有碗说碗有勺说勺，只求离这个死去的女孩越远越好。很快，所有的烂仔都排除了杀人嫌疑。只有他们的老大烂奇还没有最后脱离干系。

在女孩子出事的那个下午，女孩和烂奇本来有个约会。但是烂奇只说自己没去见她，也不肯说不去约会的原因。他说自己是在家里待了一整个下午，没有证人。

就算这样，也不能把烂奇定成杀人凶手。

警察问烂奇一个人在家有没有开电视看，他说开了。但是他又说不出那天下午任何一个频道里的电视节目。这一点就很麻烦。这让小镇上的人们认为烂奇可能真的是杀人凶手。女孩子的家人更要求把烂奇法办了。

事情到了第四天，几乎连警察也要认定烂奇就是凶手了。他们把他关了起来。

烂奇在第五天被放了回来，小镇上传出爆炸性新闻。

米蓝，小镇上最乖的好孩子米蓝。今年全地区高考语文状元米蓝，小镇的骄傲米蓝。她成了烂奇的人证。那个下午她去拜访了烂奇，她在烂奇的阁楼上和他整整待了一个下午。

人们在惊讶的同时又不解，烂奇为什么自己不说呢?

## K 庄园

老帮开始擦那管风枪，老帮太太在一边打电话。大概是她太老的缘故，好像记不清电话号，只是在上面按了一通，也不知是哪一个电话被她打通了。

对方说：“有什么可以帮您?”

“他又要打枪了。”她的声音有点沙哑还有点发抖。

“请您说清楚一点。”对方继续说。

“请快来阻止他这样干，他为了我已经开枪打了两次人，有一次还打伤了一个。”

“太太，能告诉我您在哪里吗?”

“我在我自己家里，在 K 庄园。”

“哪个 K 庄园？是升着一个大气球的 K 庄园?”

老帮单手托枪眯着眼瞄着准星，他听着太太说话的声音。

“你在和谁说话，是和我吗？亲爱的。”他的声音如洪钟雷鸣。

“啊，我不能再说了，他在叫喊，他就要开枪了。”老帮太太扔下电话。

“亲爱的，你看，就这样，这，这对齐了，等他们来了，到了跟前你就抠一下这里。”老帮把风枪放在太太手里。

“嘿嘿，明白!”老帮太太快乐地笑了起来。

十分钟后一辆警车开进了 K 庄园，接着庄园里响起了一声枪声，呼！地一声，那个大气球炸开来，五颜六色的彩纸飞洒在庄园的天空。

这一天是老帮和他太太结婚六十六周年纪念日，他们本来想找一个客人来为他们祝贺，没想到打通的电话是警察局的，他们得到了祝贺，但因阻碍司法被罚五十元。

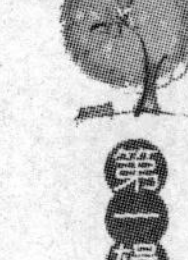

## 爱莲莫哭

爱莲是我五弟媳妇，结婚十年没养下孩子。这两年，五弟的事业停滞不前。应着了“无事生非”这四个字，两口子隔三叉五地开仗。每次开仗之后，爱莲就找我控诉。这事不怪爱莲怪我，是我当着全家人的面，说过给她撑腰的硬话。

那一周，爱莲没给我打电话。我正想着这样挺好，消停了，立马就听大门被拍得山响。不用看也知道是爱莲来了。

爱莲一进屋就大嚷起来：“姐呀，小五让歹徒劫持了啊！”

她把电视打开，调到现场直播。

我看见小五在电视里，情形跟警匪片里的一样，高大凶狠的歹徒把刀子架在小五的脖子上，小五的脖子上有几道血痕。我脑子里刹那间一片空白，人对着电视呆呆地坐着。

“姐呀，你咋不吭声呢，你快拿个主意吧……”爱莲的哭声让我得一激灵，脑子又活泛起来。我说：“爱莲别着急，小五保准没事？你看小五，他还笑呢。”

爱莲止住了哭声，盯着电视，喃喃地说：“他笑什么呢？别是吓成傻子了呀……姐，你说他都到这会儿了，咋还能笑得出来呢？”我说：“爱莲你忘了？你是咋看上咱家小五的？呵呵，市职工运动会五项全能的冠军呢。”

爱莲不哭了，静静跟着我看现场直播。我问爱莲知道五项全能是哪五项么？爱莲说知道：“短跑，游泳，射击，标枪，象棋。”

小五是被警方的谈判专家解救出来的。这事之后，爱莲再也没和小五吵了，她常挂在嘴边的话是：“尽管小五没用上自己的本事，但有本事就用不着害怕，这是小五他姐说的。”

这话让我听得心花怒放。

## 别给老婆买裙子

他在省城走丢了，是在逛最大的百货公司时与同事走丢的。他的手机没了电。他比同事们晚了半天回到小城。

妻子已经得知他走丢的事，用猜疑的眼光看着他。

他心情极好。他亮出一个时装袋。此次去省城开会，最大的收获就是为妻子买了一条裙子。据销售小姐说，这种湖水蓝色、加宽下摆的连衣裙是今年夏天国际流行的款式。他保证，妻子穿了一定好看。要不是那个销售小姐长得很像妻子，他也不会注意她，也就不会知道这是今年夏天国际上流行的款式，更不会去买这条裙子，他对这些事情从来都是不感兴趣的。

他展开裙子，兴高采烈地对妻子说着，比划着，想邀功领赏哩。

他刚说完，只听“啪”的一声，妻子给了他一耳光。

还没等他明白发生了什么事情，妻子用剪子“咔嚓”几下把裙子剪成碎条，然后摔门而去。

不可理喻，疯婆子！他怔在那里，面如土色。

第二天回单位上班，他看见女同事穿着那件连衣裙，湖水蓝色，加宽的裙摆。

他大吃一惊，你怎么有这样一条裙子？

她说，我在省城买的呀，为了买这条裙子，我和大家走丢了。

他又一惊，那，那你没打手机找他们？

她说，我手机正好没电了。

哎，那个卖裙子的小姐长得好像你老婆呢，她还说这是今年国际流行的款式。我昨天就是穿着它回来的，还特地显摆给你老婆看了，不错吧？

天！他暗暗叫苦。

哎，听说你昨天也走丢了，嘻嘻，不是遇到什么人了吧。

她说个没完。

他盯着她，想抽她一耳光。

## 初相遇

之前，老鸦从未去过市场，那天早上喝了杯过期的牛奶，出门走到市场那儿肚子就闹起来。

一位大婶告诉老鸦，市场里面有公厕，老鸦就冲了进去。

在厕所门口，老鸦与一女子撞了个满怀，老鸦就这么看了她一眼，魂定住了，肚子不闹了，也忘了自己上市场来是干啥子的了，转而跟着那个女子。

老鸦一直跟着她到了她的档口前，原来她是卖猪肉的。

您来块肉？她问老鸦。

哎，行。老鸦点点头。

女子一手拿刀一手扶肉：要多少？

老鸦说：我也不知道。

天地良心，老鸦说的可是真话，没别的意思。谁想那女子把刀往案上一拍：想寻开心你上夜总会去，别在这儿挡我生意。

老鸦被她数落得有点发蒙，心想这女子看上去挺可爱的，怎么性情这般火爆？

女子见老鸦没有挪窝的意思，便拿起刀指着老鸦说：你个臭流氓，刚才跟我到厕所，现在还敢到这里来胡缠，再不滚开看我削你！说着就要冲向老鸦。

老鸦的肚子猛地又闹了起来，他如梦初醒，飞快地朝厕所奔去。

有一天，老鸦回家见老伴一脸的不高兴，一问才知是邻里的嫌儿媳妇当着老伴的面熊她老公。老鸦就想起了这件往事，他把这事对老伴说了，老伴听完之后咯咯地笑个不停，笑得眼泪都出来了，她敲着老鸦的脑门子说：我有那么凶么？再瞎胡扯，看我削你。

## 阿眯的钱事

阿眯在城里打工，每月挣一千多元。阿眯问好兄弟二愣，这钱没地方藏，给人偷了咋办?

二愣说，咱存到银行去，还有利息，一个月存一千，一年就能存下一万多。

阿眯问，那一年以后呢?

二椤想了想说，一年以后再告诉你吧。阿眯觉得二愣说得有理，一年还长着呢，想恁多作啥?阿眯就跟着二愣去银行把钱存了。

存钱的当天，如花的男人就出事了，死在了工地上。

第二天，阿眯独自去银行又把钱取了出来。

阿眯每天给自己买好吃好喝的，都是平时不舍得吃的烧鸡和卤水肥肠，城里人喝的那种带拉拴环的啤酒，外国来的时节水果。

二愣问，阿眯你咋这样糟蹋钱呢?

阿眯苦笑：存钱有球用来?像如花的男人，人都没了，存下钱有啥用?

阿眯隔三叉五地就胡乱花一通钱，日子过得有日没月的。

年底回家，二愣娶了如花。如花是村里最漂亮的女人，当姑娘的时候，阿眯也想过她的，阿眯问，这是怎么回事?如花说她男人死了之后，二愣每月给她寄一千块钱，让她给老人瞧病，给孩子买衣服。阿眯大呼：二愣你这个家伙!

阿眯又往银行里存钱了，二愣问他，不糟蹋钱了?

阿眯说，二愣，你上工地要小心点，如果你死了，就轮到我娶如花了。这钱，我是给如花存的。

二愣说，好兄弟，我不会有事的。

## 致命甜蜜

我有一个情人，认识我的人都劝我别再与他幽会了。可是我无法忍受没有他陪伴的时光。眼一睁一个他，眼一闭又是一个他，噢！我太爱他了。

家里人可以阻挡我与他见面，但阻挡不了我对他的思念。我早已策划好了，要在到来的这个情人节，不顾一切地去见他。

我假装很乖以麻痹所有的人。只等着与他约会，幻想着与他甜蜜无比的亲吻还有亲昵之后的满足与愉快。呵呵，我从心底发出几声快乐的笑声。

情人节那天，我来到他工作的窗口，就在城市的中心地带。他微笑地向我招手，我激动地朝他走去，用手触摸他靓丽的外套。

我的心跳得越来越快，我相信，再过一小会儿，找个没人发现我们的地方，当我为他脱去衣裳，再用舌尖轻轻感觉他的体味，他就会融进我的身体，我的血液，他所有的魅力就会再次占据我的心房，我的大脑，我的理智。

我终于如愿以尝，但我这一次不能自控，我不能停止，一次又一次，这样直到我昏迷过去。

我被送到医院抢救，医生对家人说，你们一定不能让她再这样吃巧克力了！她的血糖这样高，很危险的。

对海的幻想

彩红六岁的那年夏天，遇到人生中第一件想不明白的事情。

那一天，彩红与一群孩童在海边拾贝壳玩，忽然看见沙中一道金光闪出，便好奇地走过去，扒开沙一看，原来是个“三道金”（传说中的一种贝壳，身上有三道金色横杠）。

彩红非常高兴地捡了起来，正欲呼唤小伙伴过来看，却见海滩上空空静静没有一人。彩红一个激灵，撒丫往回跑，一口气跑到村口。

太公正坐在村口的老槐树下，他大喝一声，停下！又问，你疯跑个啥？

彩红说，太公我捡着三道金了。

太公说拿来我看看。

彩红翻遍了全身也没有找着那个三道金，好生可惜，想肯定是掉在路上了，就又往海边去了。一路走，一路遇到从海边回来的孩童，都问彩红你刚才怎么跑了，彩红说我捡到一个三道金，可是找不见你们了，我害怕。

三道金？快拿出来给我们看看。

没了没了，它给我跑丢了。

彩红看着大海，又看看海滩，想刚才咋就看不见一个人呢。真怪。

夜晚，太公和父亲找来一个神秘的人，来到彩红面前，说念了一大通彩红听不懂的话，然后让彩红喝了一碗水。

这就是彩红第一次遇到想不明白的事情。但她牢记在心。

## 网友与黑天鹅

有一阵子，我特想不开。为什么想不开？在这就不说了，因为都过去了，不想回味。

我在网上对他说：我难受，人已经不会笑了。

他回我说：出来吧，到郊外吹吹风就好了。我本不想动弹的，但经不住想见见他的心思就出去了。

那天风很大，大夫山的游人不多，有几对新人在拍结婚照，在摄影师的指导下，摆着各种亲昵的姿式。

我按照他说的，迎着风走，不一会就看见湖心的亭子，这是我们约好的见面地，但那里没人。我轻轻地吸了一口气，品着郊外的空气。

我没进亭子，只在岸边朝湖上看，那不是看，是望。

我想，他长的啥样？年龄几何？噢，这些一点也不重要，见了面说点什么呢？用不用客气客气？我深深地吸了一口气。再朝着湖上看，这一次是看，我很确定，因为我看见了它，一只黑天鹅。它孤独地在湖的中央。

我吸上一口气，然后朝它喊：鹅——来——

有一对拍照的新人被我的喊声惊扰了，他们暂停亲昵。看着我，而它，那只黑天鹅也抬起脖子朝我看来。

我有点激动，继续朝它喊：鹅来——鹅来，鹅来——

我看到它竟朝我划来！岸边的一些游人也被我们吸引了，有人说，快看那，那只黑天鹅朝她去了，它听懂她话咧！

我只顾一声接一声的喊，真希望它快点到我跟前。

当它真的停在我面前的那一刻，游人发出一些掌声。

它看着我，很优雅。

我呆在岸边，深深地吸了一口气，我有很多话要说，却只能轻轻地呼着：鹅——来——

## 原　创

埋头工作的金领阿威突然想起了前几天认识的女孩阿芬。阿芬是阿威喜欢的那种女人，见到阿芬的当时，阿威就把娶妻成家的计划落实了。

阿威在手机里翻找，终于找到了阿芬的电话。想一想，说什么？一些话说起来挺别扭的，还是发个短信比较好：我想和你单独谈谈，下班后在白云花园茶室见面可以吗？

好的，我很开心，谢谢你，咱们不见不散。哈哈……

阿威看到阿芬的回信，很满意。到了下班时破例没有超时。

助理阿鹏觉得阿威有些与平日不一样，多嘴问了一句。阿威心情极好，告诉了阿鹏自己要去和女朋友约会。

阿威前脚走，阿鹏立刻给阿芬打电话：姐，他真的去了。

可是今天是愚人节呀！这样的节日问候我都收到好几个了。

别的你就甭搭理了，他的肯定是原创。

## 该打的阿德

女孩在公路上不紧不慢地蹬着自行车，她头顶一个雪白的折叠式宽边太阳帽。身穿白底青花布的纵口连衣裙，没有袖子，白生生的胳膊反射着五月的阳光，迎面的风儿扬着她的裙摆，一下接着一下的，很宽很宽。

阿德开着卡车跟在女孩后面。离家进山搞开发两年多，阿德见惯了这里的乡下妹子，她们朴实端庄，没什么可逗的，眼下这个女孩可是有些个招人眼馋，阿德断定，风儿会把她的裙子吹翻过来，到那时他正好可以臊她一臊。

跟了一段路，阿德发现，她裙子中间用夹子牢牢地夹住了。无论多大的风，那裙子只会迎风招展，根本不会像他期望的那样翻过来。怪不得她这般自在哩！

嘿嘿，瞧我的嘞！

阿德把卡车紧靠着女孩的自行车，女孩朝里让，每让一点，阿德就再朝里挤一点，最后女孩没地儿可让了，打算下车，阿德看她刚欠起身子，猛地按了一声大喇叭，女孩的自行车应声倒地，人也摔到路边的水沟里了。

妈呀！阿德吓得脸儿发青，一个急刹车。

女孩从水沟里爬起来，冲上驾驶室，揪下阿德来，劈头盖脸地一顿拳脚。那女孩并非习武之人，但打得非常好看，手法熟练，噼啪作响。

阿德在心里数着数，他知道，要打到三百，等她累了才会停下手来，求饶也是白费力的。

阿德怪自己，怎么会把姐姐要来看他的事儿忘到九霄云外呢？

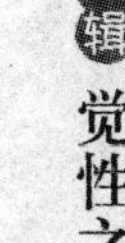

## 愤怒的美人

美人，别对我这样冷漠好不好！他把手搭在她的肩上，顺势捏了一把。

你少来这套，说吧，这次又要拿多少？不过我有言在先，现在我没有收入，你做人别太离谱了！她厌恶的甩开他的手，朝酒柜走去。

她很久没喝酒了，可是今晚她有点控制不了自己，此刻竟非常地想喝上一杯。

嘿嘿，不多，不多，二十万，以后再也不来烦你了。他皮笑肉不笑地恬着脸。

哼！如果你从此在我眼里消失，我给你两万，再多的我也拿不出来了。

两万？你也不想一想，我要是把你以前的事告诉你男朋友，他还会娶你么？你和你的宝贝儿子还能过着如此体面的生活么？好好想想吧！

随你的便，大不了我再去打工。

你这个臭娘们，你去打工？长血性了？他勒着她的衣领，威协着：也不要你儿子的安全？

你想干什么！"呯"的一声，她把酒杯摔在地上，鲜红的葡萄酒像血在淌。

敢动我儿子?！我先宰了你这个畜生，我受够了。

她疯了一般拿起那把早已准备好了的刀向他扑了过去。

他死了。

经法医鉴定：被杀男子系刀伤致命，伤处深大，非成年男性不能造成。

她带着心爱的儿子离开了这个城市，她要去一个没人知道她过去的地方，她要去那里挣钱，嫁人，抚育儿子，她还要定期服用雌激素。

# 选　拔

小玉是个不错的女孩，我正打算追求她，却看到她坐进了老板的轿车里，不是偶然一次，而是经常如此！我的心一下子如塞进了一团茅草。这是什么世道？我不明白！我伤心！我打算离开这家公司！

我的辞职信还没打好，公司就让我参加青年骨干培训班。通知说：将在培训人员中选拔三大部门的经理助理。我的心一下子又暖和起来了。到底做出了一些成绩，得到了认可。我说服自己，忘记小玉。

培训的最后一天，老板包了一个中巴，领着一行人来到一处绿水河边，大家分乘两个小艇在河上游玩。

“过来，靠过来！”小玉向在另一个艇上的老板招手。“我要上你那只艇去。”那边的艇就缓缓靠了过来。

真没看出来，平日里很安分的小玉，这会儿却是花样百出，我真懒得看她。

那边的艇缓缓靠了过来。只听见“扑通”一声，小玉掉河里了。

老板大惊失色：“快救人，快救人呀！”

所有人都不知所措，我看见小玉的红背心在水上一会儿漂着，一会儿又看不见了。

我心如刀绞，奋不顾身地一头扎进河中。

回来之后，小玉主动和我约会，花前月下，说不完的情话。

小玉得意地说：“我是故意掉下河去的。”

我才不相信：“故意?！如果没人下河相救，你怎么办?”

小玉说：“你当我真的不会水呀？你可记仔细了，在水里是谁托了你一把?”

我惊讶地说不出话来：“你?”

更让我开心的是头一次上小玉的家，老板亲自给我们开的门，小玉一见老板就喊：“爹——”

我就只会笑，跟傻子一样！

## 谁知道为什么

也不知是谁出的馊主意，我们几个没有好好复习的学生把老师约了出来吃饭，希望老师给我们开个“小灶”。

老师非常高兴，一杯下去就说开了：“我明白你们工作忙，没时间复习，没关系，这次期末考试的内容很容易的。”

“哈哈，来来来，给老师满上，满上!”我们一听有门，真是心花怒放。

二杯下去老师接着说：“要说买房子，还是很有讲究的。我来问你们，房子的位置是离女方的单位近好还是离男方的单位近好?”

咦！这老先生不会是喝多了吧，怎么说起了买房的事来？一点都不沾边。

“吃菜，吃菜，来，老师您多吃点菜。”

老师自己给自己添上了第三杯：“要我说，一定要离妻子的单位近，因为……因为……”

天啊，老师喝醉了！大家赶紧把老师送回家。一路上老师不停地说：“别，别忙呀，我还没有告诉你们原因，因为……因为……”

期末考试那天，我们全傻了眼，题目就是《买房子应该选择离妻子单位近的，为什么?》

欧！我们是一群在职博士生。

## 马小强看见的是什么

马小强上课不专心，不自禁地要朝桌子底下看，连何老师走到他面前都没注意。同桌的赵美丽拼命拉他的衣服他才不情愿地抬起头来。

下课了，何老师看着几十双渴望的小眼睛，微笑。

“马小强，你来帮老师，把同学们的作业本子拿到办公室去。”这样，马小强在同学们的羡慕之下走出了坐位。

马小强还是第一次给老师当帮手，心里有点儿紧张。

“你上课总看桌子底下，那儿是不是有什么东西？”在办公室里，何老师问小强。

“好像有一个虫子。”

“哦？一个虫子，怎样的虫子？有脚没有？”

“有，有好几个脚，可能是蚂蚁子。”

“哦？蚂蚁子，它是黑色的吗？”

“不是很黑，我想可能是蛾子。”

“蛾子？它有翅膀？”

“我想它是苍蝇……”

“它嗡嗡地叫……”

办公室里有几个老师正窃笑，小何这次遇到了一个缠不清的学生，还问个啥？放了他算了。

何老跟着马小强又回课室去了。

再回到办公室，何老师说，那孩子真是缠不清。你们猜他看见的是什么？

还真有东西呀?!

嗯！是一只蜂子，一只很小的蜂子，我也从来没见过那么小的蜂子。

## 相亲记

下班回到家里，爹妈都不在家。管他们去了哪里。

我坐到电脑前，全身心地放松，散开挽了一天的头发，让它们自由垂下，高跟鞋乱踢脱掉，双脚放上桌面，轻松自由。

肚子有点饿了，拿一包夹心饼干咬吃，让咔咔声尽量地大，那个叫惬意！大学四年我都是这么干的。淑女？整个女大学生宿舍也找不出一个来，只有在相亲的时候才慌忙捯饬。

相亲？天呀，今天是要去相亲的，男方是一个重要的亲戚介绍的。完了，我怎么把这事给忘记了。不是我急着要出嫁，只是对这个介绍人是不可以失礼的，难怪爸妈都不在家。再看手机，几十个未接来电。

完了，完了，散场的时间都过了，等着挨骂就是了。

爹妈回来了，但没有骂我，给了一个 QQ 号说是对方的，原来对方也没到场，这次相亲去的全是家长。我一听乐了，将功补过马上加了这个号，开场就问，为什么不来，怕我长得难看？

对方也算会聊天，妙语连珠，不停地发哈哈笑的表情给我。我开始没正经，胡编瞎说，说自己长得又胖又矮，脸又黑，鼻孔朝天，才不敢去相亲，他只嘿嘿地笑。

我们起劲地聊天，中间我有点热就脱了外衣和文胸，换了宽松的睡衣又坐到电脑前面。

很晚了，我又拿出一包饼干，狠咔咔起来，接着和他逗嘴。

最后他说，下线吧，明天还要上班，我说好吧，

最后的一行字是他打的：你头发好长，不错。然后是一个大笑的表情。

我盯着不知啥时候开的视频发愣，把脚放下桌子，把嘴边和头发上的饼干沫子擦去，笑，有点傻。

## 打招呼

他在门口与邻居打了个照面，他下意识地与对方点了一下头，对方也对他点了一下头，算是回了礼。

过了几天，他又在门口与邻居打了一个照面，邻居当时与一个小男孩一起从门里走出来，他就朝人家点点头："这是你儿子?"对方对他点点头，算是回答了。

之后又有好几次，他在门口与邻居照面，他都与邻居点头，然后顺便说一句，这是你家小狗？或是这是你的太太？之类的话，对方都以点头回答了他。

他认为自己在打招呼上有了进步。有点得意。

这天，邻居与一个年青妖艳的女子在一起，他顺口就说，这是你的鸡婆?

从此，他不再和邻居打招呼了。

## 世界杯

布强盼望已久的世界杯终于来到了，全世界都在看世界杯，老婆也不像平时一样霸着电视机，布强心里是很感激的。半夜里声音就不要了，窗子也捂严了。尽量不弄出声响来。

可是世界杯总是让人激动的，一不小心，当的一声，不知把什么碰到地上了，顾不上捡起来，先看看老婆醒了没？还好，没醒。继续看。

又一个不小心，当的一声，老婆醒了，起来朝洗手间去了，布强内疚，老婆在洗手间里弄了好一会儿，出来就穿衣服，拿手袋，出门。

“老婆，你别回娘家，我不看了还不成吗？”布强说。

老婆说：“谁说我要回娘家。要回也是你回。”

“那你这是……”布强不解地问。

“我去上班呀！”

“才半夜，你上什么班？”

“半夜？几点？哦，我看错表了。”

老婆又回到床上睡了，布强心里内疚。继续看着世界杯。

## 最后的战士

战斗进行的非常惨烈，阵地上的战士都牺牲了，她解下十字箱，拿起枪瞄向敌军。

她的眼前尸横遍野，只有一个敌方士兵还活着，他摇摇晃晃地朝这边走来。

她的手在发抖，她入伍以来还没开过一枪，她的泪涌出眼眶，当那个士兵走到她面前时，她把枪口对准了自己的胸堂，抠动了板机。

士兵向她扑来，想要阻挡她，但她还是伤到了手臂。

士兵用十字箱里的药给她止血，为她包扎，还把她背下了阵地。他俩往大山深处走去。

这次交战，双方全部阵亡。但各有一名士兵下落不明。

## 彩红的相好

到了下中班的时间，那个摩的司机又在厂子门口等生意。有不知情的工友前去问价，当然是一一被他拒载了。

知情的就说事：哎，看看看，这个就是彩红的相好。

听的人不止一个，都拿眼在黑暗中使劲地看他。

不会吧，彩红那么老土，怎么会是那种人？嘿嘿，你就看吧，等会儿彩红出来，一准上这车。

那又怎地？

上车时坐得还挺正经的，可车一转弯彩红就……

就咋样？

说事的那位做了一个搂抱的动作。

真的！听的几位笑了。其中有一个人，他也跟着别人一起笑，笑得还特别开心。因为那个摩的司机是他表哥，彩红是他表嫂。

## 天 职

山路弯弯看不到头，她脚下生风般往家赶。

中午时，终于见到了村子。她停下来，弹了弹衣服上的尘土。这身崭新的警服是她特意留着回家穿的，在母亲的眼里，她穿什么也不如一身制服漂亮。经过村头土地庙时，她见几柱香还燃着，就笑着给土地作了个揖："土地公公，您日子过得好呀？禾禾今天回来了。"

她擦一把脸上的汗水正要往家去，忽见村中窜出一女子，冲着她这边狂奔而来，后面是一群追赶的村民。职业的敏感让她马上进入状态。紧盯着迎面而来的这个女人。

女人见到她像见到了救星，喊着："警察妹子，快救我！"

她一把拉住女人说："别怕，有我在！"

追赶的村民没想到山沟沟来了一个警察，一下子全停下了。

"这不是禾禾嘛？是回来参加你哥婚礼的吧。"村民中有人认出了她。

"嗨，这女人是你娘花八千块给你哥买的老婆，想跑呢。"

她看着眼前的女人，有三十多岁，善良的眉眼，一脸惊恐痛苦的表情。

"警察妹子，我是让人骗来的，我家里有男人，还有一个六岁的儿子，我要回家啊！"女人哭了起来。

她紧紧拉住女人的手说："别怕，跟我回家。"

"对。回去吧，回去吧。"村民们齐声附和。

"我一定会送你回家的！这是我的天职。"禾在女人的耳边小声地说了一句。

"我一定会送你回家的！"禾提高声音，又说了一次。

## 还有一个人

他闭着眼，好像是睡着的。

“还有一个人去哪里了?”，他冲口而出地问了一句，很突然。

“什么人?”老大反问他，老二和老三也抬起头来看着他。

他睁开眼看着屋里，老大在，老二在，老三在，自己也在，一共四个，不多也不少，哪儿还有一个呢？他很沮丧：“哦，没有，我以为还有一个人，是我搞错了。”

他还是感觉应该还有一个人，这个人是经常和他们在一起的，只是近来不见了，是啥时不见的？他竟然没有觉察到。目前，他们遇到了无法解决的难题，如果还有一个人，兴许就能想出一个办法来。这样想着，这个人就比原先重要了许多。但这个人却不见了。他更加的沮丧。

他对屋里的人说，我出去一下。

屋外很开阔，他看了一会儿开阔的景致就把眼睛闭上了，脑海里依然是开阔的景致。

他看到那个人了，他走在他的前面，他急着想喊屋子里的人出来，就这一眨眼的功夫那人就远去了，他考虑是去追那人，或者回屋叫人出来，那人就走得看不见了。

他只好又回到屋里，对着屋里的人说。我看见他了，我们真的还有一个人。

“你怎么没喊住他呢?”老大，老二还有老三一起责备他。

人人都坚信，一定还有一个人。

## 九十九朵玫瑰

她叫蒙娜丽莎，是我新认识的女友，这不是她的真名，是我对她的昵称，但我还不能这样称呼她，我们需要彼此再多一些了解。

周末的早上，我到花店为蒙娜丽莎买上九十九朵玫瑰。

花店的老板是个三十多岁的男子，黑脸膛，矮个子，与满店的鲜花一点也不般配，啰啰唆唆地特别话多。

我抱着花乘地铁去见蒙娜丽莎，地铁里人不多，一个少妇带着她四五岁的女儿坐在我旁边。少妇很有仪态，很优雅，她先向我微笑，然后礼貌地赞美我的花。

她的女儿，简直就是一个天使，嫩白的小手，天真无邪的大眼睛，粉红色蕾丝裙子，可爱到了极点，我情不自禁地抽出一朵红玫瑰，递到她手上。

我的蒙娜丽莎非常喜欢这束红玫瑰，她的微笑比真的蒙娜丽莎还要迷人，她同意陪我一同郊游。途中她开始数花，她数数的样子让我心烦。她数了一遍又一遍，总说少了一朵，我听得背上冒出冷汗。

到了郊外，蒙娜丽莎索性把花束打开，一朵一朵地数起来，样子滑稽可笑。我真恨不得把她或者那束花扔进河里，然后独自逃回城去。

蒙娜丽莎说：还真是九十九朵呀！一朵没少呢。

我突然记起花店老板的话：多放一朵，以防万一。我咧开嘴笑了，再看看蒙娜丽莎数花的样子，哈哈，还是很迷人的。

## 陈年旧事

砸烂公检法的那一年，他正好十六岁。有一个星期五，他怀揣一把铅笔刀铤而走险，抢了一个老太太的筐，筐里一共有十三个鸡蛋。后来他才知道，星期五要是遇上十三这个数是要倒霉的。

他把鸡蛋藏在身上，赶到集市，打算低价出手，然后买点礼物去见一个帮派的老大，以后就跟着他混。

来了买家，谈好价钱，眼看得手了，老太太带着人来把他抓了个正着。

持刀抢劫，临时委员会判他入狱三年。

为了教育群众，他进监狱前被游街示众。他的背上插了一把舞台上用来砍鬼子的大刀。

他说，我没用大刀，我身上只有一把铅笔刀。

委员会的人说，铅笔刀太小，群众看不清楚，起不到教育作用，让他配合一点。

他只得背上那把大刀。

游街那天，集上很多人，群众反应强烈，一路上人们大骂他丧尽天良。那么大的一把刀，要是杀死了人怎么办？三年判得太少了！

由于民愤太大，结果改判了十年。

他年年都上诉，说他很冤枉，直到第十年，拨乱反正开始了，看案子的干部找到当年卖鸡蛋的老大娘。

大娘说没有见着大刀，也没见着什么铅笔刀，她走累了，在路边歇脚，筐子是被人偷去的。

就这样，二十六岁生日的前一天，他走出监狱，还差几天他就坐满十年大牢。

## 将军锅的传说

他的祖母，一个没有门牙的老太太，从他很小的时候就给他讲将军锅的传说："到了最后，只剩下三百多个士兵，将军用他的将军锅煮肉，叫士兵们吃，红红的火照着黑黑的夜，山头上有老鸪鸪在哼哼，一声比一声长，他们吃完了肉就要去和敌人拼杀，去流血牺牲。胆小的士兵呜呜地哭，只有一百勇士吃了锅里的肉……"

每听一次将军锅的传说，他都会激动无比。他坚信自己是一个勇士，一定会在最后时刻冲向敌营，他渴盼着这一天的到来，每长大一年，他的渴盼就增长一倍。

他终于如愿以偿，成了一名士兵。此时的世界早就没有了肉体的厮杀，将军锅也收藏在军事博物馆里。

他的部队接到了一项任务，出发前，象征性地吃肉，这叫"出征肉"，也叫"胜利肉"。他看着肉，想起将军锅的传说，眼前出现的是红红的火照着黑黑的夜，他呜呜地哭了起来，他知道自己终究成不了一名勇士，像那些胆小的士兵，他无法吃下将军锅里的肉，一口也吃不下。

老祖母没有门牙的嘴，呼呼地吹着风："那些肉，是他们死去的同伴身上的肉。"

# 你还有桃花么

桃花，桃花，最后的桃花，不开价了，还多少是多少了。桃花，桃花，有限公司的桃花……

花市上有一个清亮的声音在叫卖桃花。人们寻声望去，见一个英俊的少年站在椅子上，居高临下地向人们推销手里的那株桃花。一阵寒风吹来，人们下意识地紧了紧围巾，那少年的衣服微微飘起，像夏日里的彩旗……

喂，靓仔，你不冷呀？穿得这样少！有人忍不住问少年。

桃花，桃花，有限公司的桃花……还多少是多少，最后的桃花……

少年热情地叫卖，一株株桃花从他的手里脱销。女孩们大胆地盯着他看，有几个能疯的还想借着取桃花的机会把他从椅子上拉下来。他感到女孩子的手软得就像是面团做的一样。

他笑着叫喊：最后的桃花！桃——花——不开价啦——用劲站稳了，女孩子们没得逞，嘻嘻哈哈的逛过去了。

花市上和少年对面档口的是一个文文静静的女孩，她身穿一件印有“中山大学”字样的风衣。有顾客问她是中大的学生呀！她会点点头。人家再问，是勤工俭学么？她就说：是的，买个水仙回去吧，花开富贵呢！

她的生意很好，但她仍然能抽出时间朝少年这边观望。少年也是一样的，他们一直这样隔着买花的人群，时不时相互看一眼对方。

年三十晚十二点整，历时三天的花市结束了。男孩跟在女孩后面走在夜色的大街上。

女孩心里充满了快乐和不安，她知道那个男孩的魂已经被她勾着了，她是中山大学中文系的系花，这样被男生跟着也不是一次两次了，但这个男孩有点特别，自己好像也被他吸引了。可惜他只是一个花农，如果她跟

他好，会有怎样的结果呢？

唉，还是算了，英俊的男孩以后还会遇到的，还是让他别跟着。

女孩一边想一边转回身。

她看见那个男孩的身上加了一件风衣，上面写着“中山大学”。

你？还有桃花吗？女孩微笑地问。

是的，还有最后一枝，在计算机系里。

少年面若桃花。

## 我们走吧

车子飞出涯边的那一刻我就知道我死定了，我只是担心在死之前会不会很痛。

非常幸运的是我一点也不痛就人事不知了。

当我醒来的时候已经躺在医院的床上，看护我的护士竟然是我的初恋情人，她还是那么美丽。眼里尽是心里的话儿，我知道她想说什么，我太感动了。

我对她说，咱俩的事以后再说，你先告诉我，我伤得重吗？有生命危险吗？

她摇摇头，微笑。

我的心放了下来，我说我出息了，挣了大钱，还管着好多人。

她点点头，微笑。

我说，我结婚了，有儿有女，妻子很漂亮。

她还是点点头。

我看着她，问，你怎样了？

她说，还和原来一样。

我就想去拉她的手，这一辈子，我只拉过两个女人的手，她和我妻子。但我好像动弹不了。

我不能动了？是吗？

她点头。然后伸出手来。她说，你要不然一直躺在这里，要不然跟我走。

跟你走？去哪里？

回到从前。

你让我想想。我说。

我想起来她是谁了，从前她还活着的时候我一直没有停过对她的牵挂，她死后我还不能停止对她的思念。

快点决定吧，你的儿女和妻子就要来了，我怕你见到她们又不忍心跟我回去了。她在催我。

这时门被人打开了，我一下拉着她的手离开了病床。

我听见医生对我妻子说我死了。妻子竟然也点了点头。

我对她说，我们走吧。

## 大年初三的聚会

大年初三，照例是小学同学的聚会，虽说跳不出吃吃喝喝唱唱歌这一串子事，但我总是很乐意参加的，它每每唤起我对童年的美好回忆。可惜今年我不能参加聚会了。今年我处了对象，是可谈婚论嫁的那种。过年放假七天，我答应天天陪着她。

下午，趁对象上卫生间的空儿，我忍不住给聚会的同学打了一个电话。

电话那边，同学们开心得要命，嚷嚷着非要我立刻到席，说哈毛子来了，说哈毛子漂亮死了，说哈毛子挨个和大家跳探戈……然后就是哈毛子亲口与我通话。

哪个哈毛子？我怎么一点印象也没有？

哈毛子说，小学我俩同过桌，你帮我打过流氓，我帮你抄过作业，当年咱俩特友谊，特纯洁，偷下里还试着亲嘴儿，不为别的，只为听个响儿。我今年从莫斯科回来，知道有同学聚会，第一个想到的人就是你，我很想见你。哈毛子说到这，我对象从卫生间出来了，我挂了电话。我答应过对象，拜年电话也要长话短说，不做一个喋喋不休的人。

放了电话，我就使劲地想，试图找到哈毛子藏在我记忆角落里的一星半点痕迹。我一边想，一边回答着对象的问题，她的问题大多很即兴，我回答得也很真诚。

我想起来了，严格地说，哈毛子不是我们的同学，她是我们的一个代课老师的女儿，当时只有五岁，还没上学，代课老师上课总是带着她，把她随便安置在一个空坐位上。哈毛子姓哈，母亲是俄罗斯人。她应该有一

个中国名儿，对了，她的中国名叫哈彩虹！

大年初三，时间不紧不慢地到了晚上十点，我从对象家出来，开着我的大奔，极速驰往小学同学聚会的地点。

## 脚步轻盈

这个冬天阳光很好，她单薄的身子穿着单薄的衣裳，北风像她的眼神，时聚时散。她挽了个松散髻，任由风，吹着髻周边的碎发。

她说想要一双鞋，一双吉赛尔的鞋。

他陌然地看着她，确定她是在和自己说话之后，下意识朝她的脚看去。

她的脚背微拱，小腿圆润而修长，膝盖骨几乎看不见，从上到下直的像根葱。十年了，他从未这般认真地看过她的脚。就像她没有主动和他说过话一样，他们的婚姻，除了在早期挽救过各自家族面临的商业危机之外，已如一洼废水。

他做出最后的努力，从柜子里翻出一双棉鞋给她。他认为她赤裸着的脚，需要的是一双棉鞋，而不是别的什么。

她走了，单薄的身子穿着单薄的衣裳。

他想给她披件厚衣服，终于还是放弃了。

风中，她脚步轻盈，闪着阳光。

# 阿育的幸福生活

据说，阿育的父亲出生在一户殷实人家，祖父在一次赌博时输光了家产，父亲一夜之间从私塾的学生变成了放牛娃。

放牛娃偷偷地跟着部队走了，这个部队总打败仗，最后一次，团长说，弟兄们，我要投诚，你们想回家的就走吧，不用跟着我。放牛娃说，团长，我跟着你，也投诚。放牛娃跟着团长进了城当了工厂的厂长。这是六十多年前的事了。

再说说三十多年前的事吧，那一年，阿育的父亲出国考查回来，在离别故乡近三十年后的某一天突然乡愁大发，便在那个大雪纷飞的冬天回到了故乡。改革开放的春风正吹在祖国大地，父亲给阿育带回来一个乡下姑娘。看着土里土气的乡下姑娘，阿育和父亲犟上了，说你自己一个放牛娃都知道跟着团长进城，娶城里的中学生做老婆，我堂堂一个局长的公子，凭什么娶个乡下姑娘？

阿育的父亲两眼一瞪，胡子一吹说，你懂什么，这个姑娘的先祖是当年三省有名的大商，正统的商家血统，骨头里都有大商的基因。现在改革开放了，你局长公子顶个什么？你别小看了这乡下姑娘，她能给你生下一个大商人来当儿子，到时候你就可以过上幸福的生活了。什么是幸福的生活你知道么？我知道，我出国时全看到了。

阿育过上了父亲描述的那种生活，他的儿子是一个民企老板，生意做到五湖四海。阿育每周与严小玉喝一次下午茶，严小玉是他在机关托儿所时的同班女同学，他俩总有说不完的话。

## 安琪的锁

安琪的相片是媒人拿来的，军人保栓只看了一眼，就深深地爱上了她。

结婚那天，保栓按家乡的风俗给安琪载上了银锁。保栓说自己是世界上最幸福的人。安琪用手轻轻握住了项上的锁头。此时，青年教师俊华刚刚平反昭雪从大牢里走了出来。

安琪和俊华在他们从前约会的橡树下重逢，俊华说，你还是那么美。安琪任泪水流淌。这一幕，像刀刻一样刻在军人保栓的心上。

那天夜里，保栓把一个锦盒放在安琪的手上说，里面是银锁的钥匙，你想打开它就打开它吧。

安琪听保栓讲过银锁的象征，打开了锁人就要分离的。她没有点头也没有摇头。

不久，保拴在抢险中牺牲了，战友们告诉安琪，保栓一次次地扑向灾场，真的不要命了……

安琪听了当场昏了过去，从此落下心痛病。

安琪没有勇气打开那个锦盒，她知道里面有银锁的钥匙，是保栓告诉她的，每当想起保栓扑向灾场的情形，安琪的心就会作痛，俊华就要为安琪轻轻地拍拍揉揉。

# 鸽　子

军区大院里的娃，参军的不稀罕，当了军官的也不稀罕，只有像鸽子那样当了空军飞行员，驾驶飞机遨游蓝天才是稀罕的。

我说，哥们，你真行，成了会飞的鸟儿了。

要不，找机会带你上天逛逛？

还是带你的那些母鸟儿上去吧，哈哈。

别说，还真有一个，就是诓不进窝。

行啊，看上谁了？

鸽子的脸红到了脖根。

哥们，求你一件事。鸽子扭捏起来。

哟，哥们可见不得你这样。说吧，有什么能帮你，两肋插刀，在所不辞。

你不是会写嘛，要不，你帮我写几封情书？

嘿，都啥年代了，还有女人喜欢这玩意？

你就说帮不帮吧？看到鸽子的脸红得像炭火，我乐得掉哈拉子。

行，说吧，她爱看哪类情书。

我，嘿嘿！我也不知道，你，你就按你乐意的样子写呗。

嘿，我说鸽子，泡妞里有你这号的吗，连姑娘爱听啥情话都不知道，到时候吹了，别怪哥们没提醒你。

记着每周写一封，QQ 给我。鸽子笑着走了。

没多久，鸽子就在一次抢险战斗中牺牲了。

在他的遗物中，人们发现了一叠没有寄出去的信。收信人是彩虹，日期从他牺牲时往前，每周一封，没有地址。

军区大院里的娃，都有绰号，鸽子与彩虹，是我俩私下喊的绰号，我俩是异性的铁哥们。

# 第二辑

## 红色的帽子

# 天车工王小山

龙门吊车司机王小山，一夜之间成了厂里的新闻人物。她的对奖票，被厂长宽厚的手，从奖票箱窄小的洞口里掏了出来，成了厂里年终大奖的获得者。

厂长要亲自给王小山发奖，王小山就像一颗从沙堆里弹出来的珍珠，连蹦带跳地“滚”到了厂长的面前。厂长把王小山从头到脚来回地打量了好几遍，然后拿起麦克风，对全体职工说，原来我们厂还有这么漂亮的女工呀，我这个当厂长的，怎么都不知道呢？接下来是全体职工的哄堂大笑，工厂的年终大会在欢乐的笑声中结束了。

王小山没想到，厂长会把她调到厂办公室去。理由很简单，像王小山这么养眼的女工，应该放到厂部里，这叫加强企业形象。经厂长这么一说，大家也觉得，王小山的确漂亮，不免就多看她一眼。王小山不是让人眼前一亮，闪闪发光的那种女人，却恰好很耐看。大家看王小山，是越看越好看。好看自然还得越多看。最后，不得不佩服厂长的眼力，王小山真是个美女。

王小山到厂办公室加强企业形象还不到三个月，竟然得了重病，住进了医院。医生说王小山这病是憋气憋的，如果情况得不到改善，轻则病情不减，重则危及生命。这可把大家伙急坏了，说小山你到底有什么地方憋着了，快快说出来，大家好给你改善改善？王小山极不好意思地说，我就是想回去开龙门吊车。

王小山被调回去当她的龙门吊车司机，她最喜欢“行三飞”，大车小车钩子一齐走。只要听见那龙门吊车发出像飞机一样轰隆轰隆的声音，没跑的，准是王小山。

偶尔在工厂的哪里，猛地还能听见王小山大声地骂谁：“#￥#·%……—*……”王小山已经痊愈了。

# 上　岸

当年，我们轧钢厂精减人员，有一个名额落到了我们三八天车班里。我当时是班长，和班里的姐妹们一样，想这倒霉的事，会落在谁的头上？正忐忑着，车间主任把我叫去了。

在主任专用的办公室里，主任亲手给我倒了杯开水。他不紧不慢地说，你们班精减人员的事，你有方案了吧。我惊讶地看着他，机械地从他手里接过那杯热开水，仿佛接过一个烫手的山芋，一时不知如何回答。主任让我先回去工作，想好了再告诉他。

我回到班里，姐妹们一下子围了上来，急着听信儿。从未说过谎的我对大家说，主任没提减员的事，谈的是别的事情。说完，我的脸辣得像火烧一样。姐妹们默默地散开，人人心事重重，个个愁上眉梢。

第三天，我把自己的方案告诉了车间主任。主任笑了，他好像料定我会把自己减下来似的。

离开轧钢厂后，我找过许多工作，干过塑料厂的生产线、做过酒店的服务员、当过小贩、跑过业务。去年，我的第三间茶叶批发店开张了。这一天，车间主任走进了我的店铺，我给他斟上一杯热茶。谈话间他说，你还记得我讲的故事么？我说记得，一只逃生的小船，超了一个人的重量。船长说，我下水吧，因为我的水性最好，游上岸的可能性比别人大。主任喝着热茶，呵呵笑着说，你这个小班长，也终于游到岸上了！

我也笑了，说老爸，您看这个新茶的味道，如何？

## 英语老师

过了一个假期，小何老师的班升上了二年级，二年级的学生已经很有学生的样子，站队站得整齐，没人乱晃动，坐在教室里煞有介事，可是班上的叮叮却得罪了英语老师。叮叮不知为什么认定英语老师是男人变过来的，在课堂上举手发言提问题，问英语老师是不是男人变过来的。老师说当然不是，叮叮说一定是的。老师没有办法说服他，认为叮叮有意捣乱课堂，就找班主任小何老师投诉。小何老师认为叮叮一定有自己的想法，说等我问过叮叮再说。英语老师说小何老师！你偏心班里的学生全学校有谁不知？但总不能太不靠谱，真是荒谬！

小何老师不是荒谬，她想到自己儿时也有很多想法，每出都事出有因。

第二天，小何老师乐乐呵呵地回到学校，见到英语老师，她还是一脸的不高兴。小何老师说，搞清楚了，我上叮叮家家访，叮叮他妈说，这事都怪叮叮他爸，他爸前两天在家说，男人学外语的都是娘娘腔，叮叮问什么是娘娘腔，他爸说就是会变成女人的男人……

哈哈哈哈，小何老师自己忍不住大笑起来。英语老师说，你就编好了，真能护犊子。

## 那三回村

老校长想修个新学校，当村长的儿子不同意，老校长气哭了的那个晚上，翻出自己那支封存了的狼毫小楷，给那三写了一封信。

那三拆了信，见到了老校长的狼毫小楷，百感交集。老校长的狼毫小楷，每年只给毕业班的前三名学生写嘉奖状。他退休之后，再也没用过狼毫小楷了。而他那三，当年因为打老师，差点被学校开除了，是老校长说，他的路还长着呢，才没被开除。

当天，那三就把一笔足够建两所村小学的钱汇给了老校长。这事一下子轰动了全村。大家齐动手，老少全上阵，很快，一所全乡最漂亮的小学就落成了。

村长求老校长：爹，你给那三说说，让他回来一下，给新学校剪个彩。老校长说：想来他会来的。结果那三没有回来。

大年初一的晚上，那三开着一辆小轿车回来了。他来给老校长拜年，只住一晚上就走，说生意上的事忙，不敢多耽搁。实际上他是有些怕见父老乡亲，从前在家乡时，干了不少混事。

夜里下起了大雪，到天亮，雪都没过了腿肚子，车是没法走道了，把那三急出一身汗来。

村长从外边回来，说放心吧，车子可以走道了。

那三开着车走在刚刚扫出来的村路上，从村子到大路有两里地，村里的老老少少们天不亮就出来扫雪。这会儿，他们站在路边，看着那三的小车从眼前开过，幸福地笑着。

那三车里，暖气热烘烘的，音乐放着，啊，父老乡亲，啊，父老乡亲……他的眼睛湿了。

## 理直气壮

雁儿从城里回来了，脸儿白了，嘴儿红了，耳朵坠子闪亮了，衣裳漂亮了。雁儿不但变漂亮了，还给家里挣回来很多钱。

荷荷说："雁姐，明年带我去打工吧。"

雁儿看了看荷荷黑里透红的脸颊，又摸了摸她后脑勺盘得紧紧的辫儿，结实得像个荷花榴子。她说："好呀，我正月初五动身。"

荷荷掐指算："正月初五？那天要打稗子呢。"

雁儿说："行，等你打完稗子咱就走。"

正月初五，太阳暖暖地照在荷荷家的地堂上。雁儿一早就过来等荷荷。

荷荷说："雁姐没打稗子么？"

雁儿摇摇头："在城里，人都不兴整这事。"

荷荷把夏天存下的一小撮稗子拿出来，放在地堂上，手里举着一只轻布鞋，一边念唱一边抽打地上的稗子："正月初五打稗子，一打病，二打灾，三打老鼠，四打贼，五打穷，六打苦，七打事非，八打缠，九打妖，十打怪，百打冤枉，千打使坏，万一打一稗（败）一子！万一打一败一子！万一打一败一子！"荷荷打得认真，打得落力，直打的额头上冒出来细汗。

荷荷打完稗子，把轻布鞋递给雁儿："雁姐，你也打打吧，打了稗（败）子，一年到头，败气不敢沾。"

雁儿接过轻布鞋，想想又放下，说："时候不早了，咱该走了。"

这些年雁儿在城里，心里总在唱："百打冤枉，千打使坏，万一打一败一子！万一打一败一子！万一打一败一子！万一打一败一子！"她常常唱得热泪盈眶，她一直唱得——理直气壮！

# 出　山

他笨手笨脚地分着一堆一堆的小葱。

小葱五角钱一堆，一两半重，分多了要亏本，分少了没人买。

城管来了，别人都跑了，只有他，笨手笨脚的，让城管抓了个正着。

城管是他大师兄的徒弟，咋就当了城管他不知道，他似笑非笑地冲城管咧了咧嘴。

城管把小葱塞在他的怀里："先离开这，等我们走了你再来卖。"

他离开了，带着很多份小葱。

他来到一个折迁的地方，这里安静得像一个胎儿。五十年前，他的师傅在这里建了钢铁厂，那可是一个呱呱叫的大胖小子呀。

一辆轿车停在他身旁，他看见自己的徒弟从小车里钻出来。

"师傅，我找您一整天。"

他有些难为情。当年，徒弟改行跑买卖时他大为光火，骂过没有他这样的徒弟。

徒弟是来请师傅出山的。他的公司承建了一项工程，工程用的钢材要有专人盯着，不得马虎。

"什么出山不出山的，厂子都没了，哪还有山呢！"他答应了徒弟，他的新老板。

"您手里抱的是什么？"徒弟问。

"哦，是小葱，五角钱一份，一两半重，分多了会亏本，分少了没人买。"他咧开大嘴，呵呵地笑了。

他耳边响起了隆隆的机器声，那是他熟悉的钢刀划过钢板的声音。"哧……啦啦……"

## 想念小黄

阿德买小黄是一时冲动。那天，阿德见到小黄，它一身黄毛，眉头上有一块棕色，这块棕色猛地让阿德想起了家里的大黄。小黄和大黄小时候一模一样，阿德继而想起了弟弟妹妹，想起了爷爷奶奶，想起了爸爸妈妈。阿德想的眼泪吧嗒吧嗒往下掉。

工友们打趣说，天冷了，正好开煲狗肉。阿德听了，全身汗毛倒竖。这帮工友的心肠是越来越狠了，上个月，工地上一只奶仔的野猫被他们抓来吃了，更何况是令人垂涎三尺的小黄。

第二天，阿德带着小黄离开合租屋，另找了一个地方单独住下。这样一来，阿德每月要多花二百元的房钱，但是为了小黄，阿德也只好认了。

阿德带着小黄，过着紧巴巴的日子。生活在城里的狗儿，要定期打预防针，天冷了都有几身衣服，吃的是狗粮，洗的是狗浴液，这些最基本的东西，阿德都无法为小黄张罗。阿德看着小黄，越来越内疚。

城里的狗从这一年开始要上户口。给狗上户口要一千多元，阿德没钱，只好把小黄送回老家。大黄欣然接受了小黄，这让阿德很感动。

阿德又搬回了合租房，他谁都不敢去想念，他只好想念小黄。

## 后　山

村子宁静得让刘飞子烦躁。

男人们聚在一起听村长说事情，父亲也在其中。整个上午，村子里的鸡没啼一声，狗没吠一下，就连母亲烧饭的时候，炉膛里也没炸出半个火星子来。

刘飞子的午饭在寂静中吃得索然无味，他把饭碗重重地摔在桌上，想以此来打破寂静。

母亲没有呵斥他，甚至没有把目光朝他这边移过一点来。

我要上后山！刘飞子对母亲说。

母亲没有阻拦，就像他是一只不受约束的老鼠。

母亲的漠然导致刘飞子更大的烦躁。经过院子，他把那只抱窝的母鸡从鸡窝里拽到了地上。狗看见了他，夹着尾巴远远地防着。他随手捡起一个石头向狗儿砸去，没砸准，狗儿溜进了屋子里。

后山已经聚满了村里的男孩。一场猴仗一触即发，打猴仗是让男孩们消散旺盛精力的最好办法。

刘飞子的到来让男孩们愈加兴奋，他们正等着一个开仗的信号。刘飞子，这个十岁的瘦弱男孩，从来没打过猴仗的家伙，今天最后一个到达后山的小子，就是这场猴仗的最佳引爆点。

后山在那个下午爆发了一场有史以来最为激烈的猴仗。

刘飞子鼻青脸肿，全身挂花地回到家里，站在父母面前。父亲冲着他点点头，他想哭，咧开嘴，却莫名其妙地笑了起来。

那个下午，刘飞子在后山听男孩们扯着半粗的嗓子喊，村里的人要“移民”，村子要推成平地，后山也要推成平地。

## 灵 感

这是建筑师的第六次，而且是连续六次被通过的设计方案。这次的建筑物是城市的标志式建筑，它的样式新颖独特，所有人都惊叹建筑师的创作灵感，简直太神奇了。

有关建筑师设计的灵感，是全城讨论的热点。人们发现，他好像一夜之间换了脑子，在他第一个被通过的设计之前，他所有的设计，包括家乡小镇上的那座古桥修复方案，都是平庸之作。

他对人们说，每次灵感来到，就会看见落成后的建筑物，他只是凭着记忆把它们画下来，一切全不费事。人们说他是一个幽默的人，谦虚的人。

那些年轻美丽的、时刻做着爱情梦的姑娘，都渴望与他共造浪漫的故事。这不能怨姑娘们，建筑师相貌堂堂，是个非常有魅力的男人。可是无论姑娘们有多热情，多可爱，建筑师都谢绝了她们的美意。

建筑师在等，等待一个景象的到来——那是他家乡小镇上古桥修复后的模样，就像他第一次灵感到来时那样。那天，面包师的女儿把面包放在他面前，他盯着她看，她不算美丽，她的脸上有些白色的面粉。他开始吃面包，一边吃一边看着她，然后就看见了那个建筑物。当时他身无分文，有两天没吃东西了。面包师的女儿后来成了他的妻子。

# 梦

那年阿昌一十六岁，要到省城的学堂去学画像。二姐说，阿昌你帮我画个像吧。阿昌说，下次，过年回家时再给你画。三嫂说，过年回来，英子就嫁人了，头发挽起来，不一样的。阿昌笑了，说，头发是自己梳的，要挽就挽，不挽就不挽，人家城里的女学生都剪着短头发的。

阿昌过年的时候没有回来，很多年都没有回来，因为他去了台湾。

后来，阿昌成了有名的画家、雕塑家、艺术家。据说，著名艺术家阿昌有一个梦想，他要用故乡的泥土，塑一尊名为《梦》的作品。这是多么令人期待的事情啊！很多媒体都千方百计地打听，想得到这个《梦》的构思，更多的是人们对《梦》的种种猜想。一个个关于《梦》的故事，在台湾民间传说。

整整过了六十年，随着第一架台湾直通大陆航班的飞抵，阿昌终于回到了故乡，有关《梦》的谜底也终于揭开了，那就是阿昌要给二姐塑一个少女头像。

二姐和三嫂都还健在，在众多电视台的摄像机面前，阿昌亲手把二姐挽着的银丝放下来，让外甥们给她梳上一根辫子。二姐高兴地笑了，笑脸像一朵盛开的菊花。

阿昌抓起一把泥土，看着笑面如菊的二姐，开始塑着他的《梦》。不知为什么，在他的手下，这个不知练习过多少次的《梦》，在这一刻竟是无法进行。阿昌老泪纵横，他拥着二姐，放声痛哭。

## 阿　眯

阿眯的眼睛就像一条线，他要是不用力睁着，几乎看不见东西。阿眯的嘴耷拉着，他要是不用力吸着，口水就淌出来了。

阿眯不乱走，静静地在家门口呆着，手里拿着一个破旧的万花筒。有人说是他捡到的，也有人说是别的小孩子给他的，总之，这玩意儿在阿眯手上有日子了。

阿眯轮换着眼睛朝筒子里看，脏手还会转筒子，耷拉的嘴还会呵呵地笑，一笑，口水就淌出来，清长清长的。

二黑和对象掰了，心情郁闷去喝酒，好像是喝醉了，一边走道一边叫骂。砸了两户家人的玻璃，被人家揪住揍了一顿；踢打了一个挡道的狗，又让狗扯咬破了裤腿。

二黑晃晃悠悠地到了阿眯跟前。

二黑盯着阿眯看，他还是第一次这么仔细地看着这个和自己一般大的阿眯。

阿眯正看着转花筒子发笑。

阿眯你笑啥呢？二黑忍不住问。

好看，呵呵～～阿眯把花筒转到另一只眼睛上，又看。

二黑呜呜地哭了，说，阿眯你真幸福。

是啊？阿眯把花筒子递给二黑，你看吧。

二黑愣了一下，他记得，没人能从阿眯手上要过这个玩意。

二黑接过筒子，眯起一只眼，用睁着的眼朝筒子里看，看了一会儿，咯咯地笑了，眼泪和口水一齐流了出来。

一边的阿眯，使劲睁着眼睛，看着二黑。

## 返　航

丰的船是赶着潮水进的河湾，卸了货就在埠头停着，中间有几趟水客要上货都让丰给推了。丰心不在焉地，但眼又总朝着埠上看。妻子生他的气，回了娘家。上了岸不远就是丈母娘家，可是丰就是下不了决心。

丰一直等到潮水往回时也没行动。天全黑了，当天的水客也走光了，丰索性不走，就在河湾停一天。

半夜起风，风声夹杂着人的叫嚷，埠头上有人要船。丰问是什么事，人家说女人生不下娃要送出湾。丰亮起灯，把船靠过去。

刚开船，雨就下出来了，顾不上那么多了，丰紧盯着河面，把船开出河湾。

丰头一次听到女人生产时痛苦的大呻小叫，心揪得紧紧的。

终于到码头了，天放晴，发亮光。

担架从丰眼前经过的时候，丰看到女人煞白的脸。她没有作声，也不知还痛不痛，或者……

丰立刻把船开进河湾。

他要求妻子回到他身边，这一次决不犹豫。他还要求妻子原谅他的错，他一定听她的话，去投案自首。这一次，无论如何也要把妻子接回县城的家，她下个月，也要生产了。

丰的船顶着潮水，全速返航，两行男儿泪，已被风干。

## 回　家

火车从西往东走，车窗外面是连绵不断的大山。玲的思绪像那些山，不停地在眼前逆向移动，最后定格在一百多年前。

女孩大概七八岁，由家里的老仆人护着逃出了京城，老人回望着硝烟四起的京城："小姐，来，在这儿给你死了的亲人们磕个头吧，再给咱的京城磕个头吧，咱恐怕再也见不着它了。以后，俺就是你的亲爷爷。"

女孩子的手里，紧紧地攥着一个铜扣儿。她狠狠地磕头，然后对老人说："爷爷，我一定要回家!"爷爷老泪纵横。玲子把看着手中的铜扣儿，它面上有一个暗花麒麟，底面印有一个"粧"字。临行前，姥姥把它，还有它的故事一并送给了她。

八国联军杀了我姥姥全家，我那打京城里逃出命来的姥姥到死也没能再回去看一眼北京城，只有这铜扣儿，玲儿，就让它跟着你回去吧!

火车快到北京了，窗外是一望无际的大平原。玲子小心地收好铜扣，她把它和北京国防科技大学的录取通知书放在了一起。

## 千　娘

当年，我师傅开着一个赌馆，他有一手绝的，一直不掰开了教我们，只说这一招很简单，看明白了就成。

师傅膝下有一女名唤千娘，生得那个叫做干净，好人家的闺女也没几个能比。

千娘总爱跟着我们。师傅就笑："闺女，可别惦着你的这几个师哥，你要跟了他们其中的一个，其他的就没魂了！"

千娘一十七岁时被土匪的三当家给看上了，师傅自然是不允。那三当家不知从哪里找了一个高手，硬把师傅的馆子霸了去，霸了馆还不依，逼着师傅赌女儿。师傅自知赢不了那高手，只想寻死，被千娘拦下。

千娘说："孩儿自己来赌这一把，是死是活全看老天！"她转身又对三当家的说："不是我看不上谁，只是我命太硬，一生下来就克死了亲娘。我从没赌过，如果能赢，是老天可怜你，不让我妨你；如果输了，是老天不可怜我，你看怎样？"那三当家的被千娘说得心里发毛，说"好吧！就依你。"结果当然是千娘赢了。

千娘终身未嫁，好赌，赌技平平，常为一两角钱的输赢与人争得面红耳赤。去年我让孙女陪我去养老院看望千娘，她正和人家打牌。回家的路上，孙女告诉我，千奶奶偷偷换牌，不过她只是把牌换进来又换出去，真奇怪。我盯着孙女的眼睛，激动了好一阵子。

# 记忆中的小屋

在她的记忆中，有一个冬天非常寒冷。

除夕之夜，雪花纷落，陌生的村庄，所有的门都紧闭着。她在雪中想着京城里自己的家——那个朱红的门，门眉子的帘儿上绣着的是什么花来着？嗯……想不起来了。她的嘴角竟微微地向上动了下，好像白天被人批判抽打的不是自己，好像被人从牛棚里扔出来赶出村子的也不是自己。

她朝地垅上走去，背山的地垅子离村子挺远，她记得那里有一个小屋，里面放着一些农具、杂物。在春天和夏天，因为地垅子上种了东西，就有人上小屋拿放物件，夏天收割完了，就没人去那里了。

小屋的门是锁着的，但她会把它弄开，否则，在这个夜晚她将像白雪一样躺在天空下面，等待着融化……

她在小屋里找到了一些食物，这才想起门儿根本没上锁儿，再回头看屋外，雪地里零乱的脚印儿有深有浅，有来有去，连着熟悉的村庄……

小屋在雪夜中渐渐温暖起来。

## 别再去想他们了

### 一

“领导，领导，下个星期优秀员工去白云山庄开会的事，去还是不去?”办公室主任问。

“去去去，一定去!”领导回答得很干脆。

“那、那山庄那边的定金?”

“哦，等等!”领导找出自己的工资卡：“拿去，密码没变。”

“这次跟大家讲点什么?”主任请示领导。

“我尽量到会，可是我三舅舅住院了，我要抽点时间去探望他老人家，你先主持一下。”

又是三舅舅？好吧，反正都一样。主任心想。

### 二

“主任，听说领导的三舅舅又住院了?”彩红来到主任的办公室。

“嘿嘿，是彩红呀。别笑话你师兄，穷家难当啊!”

“好说，这是我们车间的。这次一共去十个优秀员工，这个数，对吧!”彩红把红包递给主任。

“嘿嘿，谢喽，谢喽哟。嘿嘿。”主任数完钱把数记在本子上。

彩红出了办公室朝车间走去，发自内心：但愿领导的三舅舅早日康复!

## 三

彩红合上日记本：唉，不去想它了，工厂十年前就关闭了，那车间，那领导，那师兄，那些优秀员工……

噢，别再去想他们了！

## 遥远的太阳花

在艺术品展厅里，丽华正全神贯注地看着一幅名为《太阳花》的油画。我知道，丽华一直都特别喜爱这种黄色的花，我可以随便地在她身上找出几样与太阳花有关的东西，比如头发上的发卡，皮包上的坠扣还有手指甲上的彩绘……

再看看这幅画：一湾静静的小河边上开满了金灿灿的太阳花，太阳花一望无边给人一种非常遥远的感觉。

“啊，太美丽了！”我不由得发出赞叹。

“是很美丽！”丽华应着我的话继续看画。

我想丽华会买下这幅画，看了看标价，乍舌！不过不要紧，丽华是大款，只要她喜欢，这个数目她连价也不会还的。

“这里是营子河！”丽华说。

营子河？我赶紧仔细再看。啊，真的是她，真的是营子河，是我们家乡的河！

“可是那里从来也没有太阳花……”我不解。

“是的，从来也没有。不过，我小的时候在营子河捉螺仔时见过一个大学生，他在河边画画，画完了小河又在河边画满了太阳花。”

“捉螺仔？啊，我们小的时候都捉过的，螺仔可以到集上换钱呢！”

“嗯，换很多的钱。”丽华笑了，我仿佛看见童年的她，赤着脚，手提螺网站在营子河边，豁着牙笑。

丽华没有买那幅画，她说河边上应该还画着一个捉螺仔的女孩，她赤着脚，手提螺网站在营子河边……

## 老同学

阿庆在街上遇见了二十多年没见面的老同学四龙，俩人高兴得像小孩子一样，又是勾肩搭背又是打头摸耳朵。二人回忆童年的美好时光，说到在学校里演《沙家浜》的有趣情形。

阿庆说：那个演沙奶奶的女班长，就是不和郭建光握手。她还说和男同学握手会生小孩。

四龙说：知道为啥管你叫阿庆？是因为你哭着喊着要进宣传队，但你又实在派不上个用场，老师哄你就说：让他当阿庆好了。

哈哈哈哈……俩人大笑，路人莫明其妙。

分手的时候互留电话，阿庆有点不好意思地说：对不起了四龙，我记不得你的大名了。四龙摸着还隐隐生痛的后脑勺，笑着答：没事没事，我也记不得你的真名了。

这事还没完，没多久阿庆就接到胡传魁的电话，开口就问：阿庆呢？胡传魁现在和刁小三合伙开了一家春来茶庄。说买卖不错，得空请老同学们过来喝一盅。最好能再排一次《沙家浜》。

郭建光也打来了电话，说：阿庆老同学哟，你这些年混出个模样来没有？要不是四龙遇见了你，我们都以为你还在上海跑单帮呢。

阿庆说：还记得女班长吗？就是演沙奶奶的那个。

郭建光说：我们二十年前就结婚了。

生，生孩子了吗？

还没呢！

之后有一天，一进家门，阿庆就觉得妻子的脸色不对。

妻子告诉他有个女人打电话来找阿庆，她说自己是阿庆嫂！

## 抢　险

那一天，我们的舰艇正在海上值勤，海上风平浪静，忽然收到某方位一艘渔船的呼救电报，说他们遇到了风暴，处境极度危险。舰长请示了总部后就下令全速前往营救。

当我们找到那艘渔船的时候，它已经完全没有动力了，像一个漂在海面上的火柴盒，随时都有被风浪打进海底的可能。舰长派出了几名有经验的人，划着救生筏过去救人，我被派在甲板上接应。

天黑了。风浪一阵大过一阵，雨点一阵猛过一阵，舰艇摇晃不停，我在甲板上走起了晃桥步，保持着身体的平衡，好在腰上系着扣绳，心里还不太惊慌。

几经艰险，我们终于营救出渔船上的十一名渔民，所有的人都松了一口气。大家依次朝船仓里去，我走在最后。

就在仓的门口，当我解下扣绳的那一瞬间，一个超级巨浪打向舰艇，我的身体飞了起来，离开了军舰。黑暗中我碰到了一个东西，就死死地抱住了，后来才知道那是一个栏杆。

战友们都以为我牺牲了，悲痛万分。当我爬回仓里的时候，看见他们的笑脸上满是泪水！

## 萝　卜

某新媳妇在家里。

媳妇啊，你咋总不和俺说话咧？

想让俺和你说话？得，先把卖萝卜的账算清楚了再说。

俺再不济，这点账还是算得过来的。你不是也问过小董老师了嘛，俺没算错。

没算错?！没算错你兜里咋地多了五块钱？

俺，俺说不过你。好媳妇，别生气了，算俺错了，好不好？俺这不是没上过学么，嘿嘿……

新媳妇在村小学里。

小董老师，你可是个明白人，咋就帮着他们说迷糊话？

嫂子，这事不能怪我，我是教语文的。

哪个是教算术的？

没人敢来你们村教算术。

为啥？

你们村的人按萝卜歌算账，不按九九歌算，萝卜歌在娘胎里就被普及了，老师们修正不过来。

新媳妇摸着微微隆起的小腹：俺要生一个不唱萝卜歌的仔子！

新媳妇回到家中。

媳妇啊，你咋总不和俺说话咧？

说啥都中，就是不准说萝卜！

## 土生土长

人夫妇俩正在商量生孩子的事。

丈夫希望他们的受精卵能在牛的子宫里生长，这样孩子一生下来可以喝“母”乳，身体免疫力强，一生都有一个健康的体格。妻子不同意，她担心孩子在发育期头上长出角来。虽然这是一件比较时尚的事，与很久很久以前人类之中的混血儿一样，但她更希望孩子能在海豚的子宫里生长。已经有数据表明，海豚生的人要比其它哺乳类生的人更有人性，因为它们的 EQ 是最高的。

因为夫妻俩一直不能达成共识，所以他们把受精卵放在种子银行里，其中一颗混入谷物。

若干年后，第一例土壤培植人就诞生了。全身上下，土的掉渣。

# 宠　物

阿奇和米兰处对象，米兰认为阿奇爱写一种叫蚂蚁的小小说，她不能肯定阿奇爱自己比爱蚂蚁更多。同样，阿奇认为米兰爱她的那些宠物胜过任何事情。每看见米兰把食物衔在嘴唇上喂她的八哥，阿奇的心就泛酸。但是对象还是一直处着，到了一定的时候，阿奇向米兰求婚。米兰同意嫁给阿奇，但要求阿奇代她照看两天宠物。阿奇不是很乐意，可是为了终身大事，还是同意了米兰的要求，把一只巴西龟，一只波斯猫和那只八哥接到自己的家中。

两天后，米兰来取回宠物，她问八哥：他对你们还好吧？

八哥说：头一天我们在忍受，他一直在网上写作，没给我们吃的，也没给我们喝的。第二天我们实在忍不住了，巴西龟千辛万苦地爬到电脑边叫他，被他一手扔到洗手间里去；猫咪娇声地央求，他嫌吵，把它关在阳台外面。晚上，他还在网上弄他的小说，完全不顾及我们的生死，我就学着您的声音对他说：亲爱的，给我的宠物们喂点吃食好吗？它们已经两天没吃没喝了。您猜他是怎样回答“您”的？他说：亲爱的，还是你自己喂好了，我这个结尾刚刚出彩呢？他说这话连眼皮子也没抬一抬。

米兰给了阿奇一个耳刮子。

后来阿奇经过多次努力，终于买通了八哥。一年后，米兰嫁给了阿奇，相安无事。

## 洋老婆回乡

安妮是我的婆姨，洋人，特别爱中国。

今年，我领着安妮回乡下老家过年。

安妮穿白底蓝花大襟子紧身袄，黑布细脚肥裆棉裤，一束如秋后麦杆扎成的辫子，锅刷子似的搭在背上。

安妮扑闪着深陷的大眼睛问我，这样穿成么?

我说，成，土洋结合，怪好看的哩。

她高兴地扑过来，脆生生地亲了我一口。我习惯了她的洋举动，站稳了马步才没被她扑倒。

我告诫安妮，老家人可不兴拥抱。安妮说拥抱妈妈总可以吧。

到了家，安妮果真只拥抱妈妈，妈妈高兴得合不上嘴，给了安妮一个红包。安妮问我是什么？我说是 Happy new year!

大年初一，安妮见人就发一红包，每发一个还会对人家说，新年好!

大年初二早上，我和村里的后生去敬罗汉，安妮跟着我妹妹和姑娘们去拜观音。

中午时候，两路人马远远地看见了，安妮高兴地朝我奔来。

按我们那儿的风俗，两拨人马要绕山塘一圈才可以汇合。

姑娘们大喊，安妮别过去！但已经来不及了，所有的人异口同声地说：百无禁忌!

安妮问我，百无禁忌是什么意思？我说就和 My god！差不多吧。

假期的最后一天，我和安妮恋恋不舍地离开故乡。

安妮问我，中国有多少罗汉。我说很多，她又问我有多少观音，我说一个。她还问我，为什么妈妈给她的红包里会有钱？我说红包是用来放钱的。你不知道吗?

红包是用来放钱的?！噢，My god！百无禁忌！安妮连连摇头。

## 春　色

路经一个乡间食坊，男女主人的模样苍老得使我无法判断他们的岁数，我想他们有一百岁了。

食坊里没有顾客，我也不打算在此停留，正想走，却被男主人叫住。他的声音低沉但很清楚，接着女主人也发出了请求，她的话语同样清楚，而且声音特别，我说她声音特别是因为听起来不像她的面貌那般苍老。

两位长者请求我为他们工作，他们要把院墙推倒一部分，他们说会付工钱给我。尽管我已经很久没干体力活了，但我乐意为他们做这件事情，不是为了钱。

我一边干活一边和他们聊天，我问为什么要拆这墙。

他们指着院子里的两棵树说，两年前种下的，当时没想到墙会挡着阳光。

我抬头看天，太阳正从云薄处照射出来，淡淡的，要是不抬起头来，是感觉不到的。

他们说以前是城里的音乐教师，已经在这里住了十多年了。

我对他们说，整个冬天我都在地下室写作，但没有成功，就在昨天早上，我删除了所有文字。

他们邀请我三个月后再来，说园子里的两棵红杏，今年一定会开花的。

我没有接受工钱，但接受了他们的美食。

# 校　服

欣从外面回来，神色紧张。我们问她是不是被怪物追了？这是我们宿舍的口头语，意思是，你撞见鬼了？怪物指的是学院艺术传媒系的男生。

欣点点头，然后拿出一张当晚学校礼堂的票说，这是他们搞的作品比赛，他请我去看，怎么办？

嘿！怎么会看上你了？宿舍里一下炸营乱套了。

你说这欣，大学都上两年了，还留着个中学生的头，高中校服一直就这么穿着，快快快，都换了。

长裙、短裙、高跟鞋、平跟鞋、香水、唇膏、手包、拎包，来回比试，来回捯饬。

欣一个劲地问，这样好不好呢？我们说，不好也得好，你啥也不会，就靠我们帮你了，成不成的你是不能给咱中文系的女生抹黑……

见了怪物不许心花怒放，不许意乱情迷，更不许以身……

把欣送出门，我们很期待，我们拟着欣与怪物的对白，哈哈大笑。

欣回来了，面无表情，脱鞋、脱裙、卸妆，然后穿上校服。

我们问出了什么事。欣说没事，他是我高中的校友，前头两届的，给我送票是认得我的校服。

哎哟，原来不是找女朋友，是找学妹呀。我们好失望。

毕业即将分别时，欣和她的男友请我们吃饭。我们真的很羡慕一直短发校服的欣有一个开公司的男友。

那天，出现在我们眼前的正是那个艺术传媒系的男生。

我们一起揶欣，用力地揶，笑成一团。

## 太可惜了

他在城市的一个空地上尽情地歌唱。那儿的人都朝他看来，有很多人说：可惜了呀，可惜了！多好的一副嗓子呢！可惜是个疯子哟。他听了也没反应，照样唱着他的歌儿。

唱着唱着他腻歪了，又改写大字，弄来一支大毛笔和着清水在地上写。人们见了哇哇地叫：好字，好字哟！嗳——可惜是个疯子。

没过多久他又不写字了，改打太极了。啊！看得人都不忍喧哗，静静地用心去体会，只在心中深深地叹息：可惜呀，可惜！

终于有一天，他清醒过来了，脱了疯时袍，着了新时衣，来到空地上，竟没人认得他。他听到有人在说：那疯子已经全醒了，可惜醒了之后平常人一个，既不会写也不会打，嗓子也不怎么样。听的人就回答说：是呀，真是太可惜了。

## 碑

平把职业病赔偿金交到母亲手里，说：妈，咱家也有钱盖新房了。

母亲的身子开始发抖，眼睛直愣愣地看着钱，一句话也说不出来。

平又说：妈，我没啥大事，就是耳朵让机器震得听不太清楚了，您以后跟我说话得大声一点。

母亲听了之后，身子不抖了，却开始抹眼泪。

平在家里待了几天就说要走。母亲说，再不敢出去了！城里的机器那么震，会把你震成聋子的。

平说，没事，我回去不上机器那边干活，我干别的，你跟爹在家把新房子盖起来哈。

可我还是害怕，怕你也像强子他们一样……母亲话没说完就呜呜地哭了起来。

平还是走了。

平站在岗子上，回头朝村里看，他要把村子收藏到心里。

村子里那些新盖的房屋，白晃晃的粉墙反射着更加白的阳光，这白刺着平的眼睛，他感到一阵晕眩。

平闭上眼睛，耐心等待晕眩停止。一阵山风吹来，平感觉好一些了，他接着朝村子里看。

眼前的景象越来越模糊，村中那些刺眼的白像一座座墓碑。平仿佛看见在工地上摔死的强，在电子车间被火烧死的英，还有被化工原料毒死的柱，他们一个个从墓碑里走了出来。

平走了，回城里去了，他不能让母亲知道，自己的身体也中了毒，眼睛就要失明，他是看不见自家的新房子了。

## 小军的处世之道

星期六，外婆问小军：最近爹妈吵架了没？小军说：不但吵架了，而且还打架了。

外婆说：冤家，我就知道他们消停不了。你告诉外婆，他们谁先动的手。

小军想了一下说：是妈妈。

外婆说：乖乖，别出去给人说，记住了。

外婆把爹妈打架的事告诉了舅舅。舅舅先是生气，后来又说不管了，然后就带着小军出去买糖面人。

星期天，奶奶也问了小军同样的问题，说的话和外婆一模一样。小军的回答只是把谁先动手换成了爸爸，小姑带小军去看猴戏。

星期一，爸妈问小军：有没有把爸妈打架的事告诉奶奶和外婆？

小军说：幼儿园老师说不可以说谎，还有，要讲和谐。

爸妈一人吻了一边小军的腮帮子。

星期三，爸妈又为了一点小事吵架，小军赶紧把自己的房间门关上，他不想知道是谁先动的手。

接着小军听见“啪”的一声，跟着是啪，啪啪，啪啪啪啪！

## 生日快乐

天刚亮他就醒了，可阿德还想睡，阿德太累了，好几个月都没有休息过一天，今天就让阿德睡个饱饱的。

昨天下班时，他鼓起勇气对老板说：明天是阿德的生日。老板笑呵呵地从钱包里抽出一张绿色的五十元，后又退进去，换出一张红色的一百元，说：拿着拿着，阿德生日快乐，明天放你一天假。

他已经想好了，要和阿德去城里最繁华的步行街，看衣服、看热闹、看靓女；给爸爸买广告里那样的风痛膏；给小妹买一件戴帽子的春秋衣，只是不知道阿德那一张钱够不够。

中午，阿德还在睡，梦里见到母亲给他蒸馍，馋得口水沿着嘴角直流，又梦见在小河里摸鱼，鱼儿欢蹦乱跳。阿德在梦里大叫二狗快来帮我！

天擦黑的时候，阿德终于醒了，拍着肚子说：好饿哦！他提醒阿德：吃好一点，今天可是你的生日。阿德找出两包方便面，泡出好大碗汤面，狼吞虎咽，飞流直下，一会儿头上就冒出了热汗。

接下来，睡好吃饱的阿德开始给家里写信了，一边写一边掉眼泪，写了又撕，撕了又重新写。

夜更深了，今天快要过完了，他对阿德说：生日快乐！

其实，他只是阿德的一个念头，在消失之前他看到阿德的信纸上写着：生日快乐！

## 母鸭们

母鸭代表开会。

代表甲说：我们不能再吃人类给我们发的合成食料了，大家的肉都开始变松，羽毛也变稀少，再吃下去我们的行动将不再敏捷。代表们表示赞同。

代表乙说：我们不能再让人类给孩子们打针了，打针是可以防止疾病，但不符合种群的自然淘汰原则，长久下去，咱鸭定会走向灭亡。众代表表示赞同。

代表丙说：我们不能再让人类选定的那几只公鸭踩蛋了。它们体肥翅膀短。要我说是最差劲的。真不知主人为什么会选中这些白痴！众代表点头说是。

几天后，主人带来一个兽医，主人对他说。这些天母鸭们不爱吃食，也不让公鸭踩蛋。最奇怪的是给雏鸭注射时，它们就大声叫，好像发生了很重大的事情。主人指着那几个母鸭代表说，这几个叫得最厉害。

兽医检查后对主人说，这些母鸭没有问题，如果蛋的产量没受影响就观察几天，如果影响到蛋的产量，建议你在它们还没饿得太瘦之前卖给烤鸭店算了。

兽医走后，母鸭们开始吃食，那几个叫得最响的还下了几个双黄蛋。

母鸭们问代表丙，还让不让那几个白痴踩蛋？代表丙回答说算了，它们几个也不是故意的，如果不让它们踩蛋，还不知道人类又会想出什么更怪的事情来。据我所知，他们自己克隆自己。太可怕了！

## 鱼鱼吃了哥哥

呀呀学语的小儿子含糊不清的说了一上午，她开始没有在意，后来听清楚了。儿子说的是：鱼鱼，吃了，哥哥。

瞎说！是哥哥吃了鱼鱼。她纠正着。

鱼鱼，吃了，哥哥。儿子没能被她纠正过来，还是照先前自己说的话又重复地说着。

傍晚，男人回来问她，儿子嘟嘟囔囔的说些什么？她只说没听清楚，然后对男人说：把老大接回来吧。

男人说，老大该上学了。

她说，城里也有学校。

乡下上学不是不用钱嘛！城里的学咋个上法？咱弄些钱还不够给学校的。

我想老大！太想了！女人说着，泪就掉下来了，不是一滴而是一串，一眨吧眼睛就是一串。

男人搂过女人说，我也想。可是他该上学了呀！她就势伏在男人的胸前呜呜地哭了起来。

男人最后还是把大儿子从乡下老家接了回来。他每天做两份工作，早早出门，半夜才回来。女人就找些手工活回来做，每天做到丈夫回来才歇息。

女人总是看着两个儿子，心想，老大看起来比较聪明，兴许以后可以学出个学问来。老二会说好多话了，但总是反着说，二乎乎的。人都说憨人有福，没准长大了能娶个城里媳妇，嘿嘿，女人想着，乐了，发笑。

夜里，女人又梦到了河里发大水，一条大鱼在水里上下蹿游。猛地醒来，睁眼看到身边的儿子，她轻轻地笑了。

# 重　来

有两个人在一座只能通过一人的桥中间相遇了，因为桥很长，双方都不想让，结果其中一方不慎掉到河里被淹死了。

没死的那个非常后悔，想到对方因自己的不相让而死，他伤心地哭了：老天爷啊，如果可以重来，我一定让对方先过。

在黄泉路上的那位也很后悔，想到自己因不肯相让而死，他哭得更加的伤心：天呀！要是可以重来，我一定让对方先过。

老天爷把他们招到天上，生气地说：重来！重来！你们已经重来了 N 次了！

## 认得小偷

布强坐公交车上班，从家到单位，一共十五个站，一个多钟头的路程。布强有座位就坐，瞌睡一下，没有座位，布强就站着看人。车上什么人都有，他认得几个扒手，扒手们大概也认得布强。他们因为认得彼此，所以相安无事。

有一天，一个扒手想偷一个女人的钱。那女人不老实，动来动去。那个扒手几次都没得手。布强说，真笨。下了车，布强找不到钱包了，布强认识那个小偷，下次见到他非让他还出来不可。

那个小偷再也没有出现。

## 打麻将

布强不打麻将，不是不会打，而是老婆不许他打，每天的钱都数的认认真真的。布强没觉得这样不好。

李强爱打麻将，张强也爱打，陈强是可打可不打的那种。平时，李强是不会找布强上场的，但那天真的是三缺一，缺谁不记得了，非让布强打。布强说我没钱。李强就说输了算我的。布强说那要是赢了呢？李强说当然算你的了。结果，布强一家赢了三家。

这事传到布强老婆耳朵里，布强就打了小半年活光棍。之后，无论李强怎样求，布强再也没有上场。他老婆说，再有一次就离婚。

# 特　长

你大学毕业？

不是。我只有初中文化。

呵，很好！你看上去像个知识分子呢。

谢谢老板。

你长得这么结实，学过武术吗？

没有。

好吧，我们愿意为你提供工作机会，如果你有某些特长的话。

嗯——我会唱歌，是市工人合唱团成员。

这个没用。

嗯——我会打乒乓球，是区队队员。

这个也没用。

嗯——我会画画，还会写毛笔字。

这个还是不行。

嗯——国标，演讲，摄影，围棋，游泳……

不停的摇头。

喝酒，说谎，睡懒觉，打架，泡妞……

（高兴地）你被录用了！

一个月后，他又被除名了。

夜总会老板说，你说你会喝酒、会打架我们才用你的，可是你根本不会这些。

## 实在是高

村里人都说大山娘是村里最漂亮的女人。

周家从西藏回来的时候，周大山还没出生。

男人们对自己的女人说：娃他娘，你也梳个周家媳妇一样的头啊？好看！

女人说：那感情好呀，只是周家姐姐是从文工团里下来的，咱没法学去？你把灯一吹，我就和她一般样儿了，还梳个什么头呢！

周大山有两个姐姐，大姐叫周小慈，二姐叫周小禧。有一天，村长对大山爹说：你家的两个闺女儿怎叫这么个名儿，连着叫不就成慈禧了嘛！

大山生下来之后，大姐改名周拉雅，二姐改名周喜玛。大山娘喊孩子也不单喊，很高的嗓音跟唱歌一样：喜玛拉雅大山——开饭咯——

村里人都说，大山娘的声音真是好听，听说她还给毛主席唱过歌呢。

村长说：高！实在是高！也不知他说的是大山娘的嗓音高呢？还是说雄伟的喜马拉雅山高。

## 最后的微笑

她看着病床上的父亲，父亲的脸上早已没有了威武的神色，没有了慈爱的笑容，甚至没有任何的表情。

她年迈、慈祥的父亲在这里躺了一年了。她给父亲用最好的病房、最好的护理、最好的药。虽然花费很大，但她有很多的钱，没关系的。她只要父亲少受些罪。

爸爸，你的身子痛么？你的心难受么？你能把你的希望告诉女儿么？

她反复地问父亲，也反复地问自己。

也许，父女的心是相通的，她终于确定了父亲的希望是什么。她跪在父亲的病床前，泪如倾盆，点滴的软管在她的手心里攥出一个死结。

父亲走得很安详，他的脸上带着最后的微笑。

## 阿德四世

阿德一世是一个农夫，他的工作非常辛苦。阿德一世是在麦子开镰之前死的。阿德一世上了天堂，见到了上帝，上帝对阿德一世说：我可以帮你实现一个在人间没有实现的愿望。阿德一世非常着急地对上帝说：请把我家的麦子全都收上来吧。

阿德二世是一个商人，他是一个忙碌的商人。阿德二世死的时候五十岁，是累死的。阿德二世也上了天堂，见到了上帝，上帝依然对阿德二世说：我可以帮你实现一个在人间没有实现的愿望。阿德二世想了一想，对上帝说：让我好好地睡上一觉吧。

阿德三世是一个街头的小混混，一生没有大的“作为”，在一次吃蹭食的时候噎死了。阿德三世还是上了天堂，见到了上帝。

我可以帮你实现一个在人间没有实现的愿望，上帝对阿德三世说。阿德三世想了很久才回答上帝：没有!

阿德四世是做官的，他死在女秘书的床上。当他再睁开眼睛的时候见着一个人，阿德四世想这一定又是上帝了，还没等上帝问他便对那人说：你让我的女秘书把公家的钱都划到我的账号里……

那人说，你把这当什么地方了？看清楚了，我是阎王爷!

## 虎 子

他说：我不吃狗肉！

妻子说：还是去吧，领导宴请，不去以后还怎么混？你要是真的不想吃狗肉就喝点酒，吃点小菜。

席间，他看着一锅沸腾的狗肉，仿佛听见虎子在呜咽。家里着火的那个夜里，虎子发出的就是这样的呜咽。这样的呜咽能让人从沉睡中惊醒，因为虎子，他们全家才幸免于那场灾难。从此，虎子不再是他们家的狗儿了，虎子成了他们家的成员。

他的童年因为有了虎子的陪伴而成长快乐、而身手机敏、而懂得忠诚。他与虎子的感情亲如兄弟，他离开家乡到省城上大学的那一天，老得不能动的虎子竟然跟着送行的亲人走到了村口……

酒过几巡，他开始悲伤地哭泣，接着是喊、是叫：这是虎子的肉！虎子是我的兄弟！虎子不是狗，虎子是人，虎子是我的兄弟！不是狗，是人，是人啊！

他的血液逆向流动，他的呼吸不能自主，他的大脑发生混乱，那肉变成虎子，虎子从锅里跳出来，虎子向他扑来……

他终于倒了下去。

一桌的人都死于食物中毒，只有他活了下来。检查结果是，他并没有吃病狗肉，只是酒喝得太猛了些。

他知道，虎子兄弟又救了他一次。

## “他妈的”领导

我们这个单位就是钱太多，害得原来的好几届领导都贪污，全被开除了。

单位又从别处给我们调来了一个新领导。新领导的口头语是“他妈的”，后来大家提起他，索性叫他“他妈的领导”。

第一天，新来的领导请吃饭，上的都是大鱼大肉，看着就腻得慌。同事们个个暗暗叫苦，这年头，还有这样的领导，他就不怕三脂高？但没有人公然反对，餐桌上依旧是很热闹的，筷起勺落。到了散席，领导一看，鱼肉几乎没少几块，借着几分酒意，当场批评：你们这些家伙，看上去挺能“干”的，原来都他妈的能装模作样呵。如果我发现你们工作也这样，统统开除，没人情讲。

第二天，领导又请吃饭，桌上没了大鱼大肉，以各种素食为主。同事们有了昨天的教训都小心翼翼，见机行事。领导说，昨天有人跟我讲，大家不爱吃肉，所以今天我再请一次，以素食为主，来来来，大家起筷吧。好好好，同事们连声应着，个个手起筷落，为了表示今后实干，认真猛吃起来。十几道菜很快就被一扫而光。领导一看盘子空了，啥也没得吃了，借着几分酒意，又批评：你们这帮家伙，看上去挺精明的，原来都他妈的是吃素的。今后工作要是落在别的部门之后，我统统把你们开除了。

第三天，领导还请吃饭，酒喝得太热烈了，同事们也没前两次那么拘束，酒足饭饱，等着领导酒后的训导。可惜还没等他的开场白“他妈的”出场，领导就把自己开除了，他倒在酒席上，喝死了。

我们单位的领导是走马灯似的变换，我们都记不太清楚，但说到“他妈的领导”大家都还记得。因为这个只来了三天的他妈的领导是我们单位唯一的一个没有被开除的领导。

## 三个和一个

我们办公室里有四个人——没结婚的人，一男三女。我和另外两个女青年都非常遗憾为什么不是两男两女，这样我们四个人就不用为终身大事烦恼了，就我们这个铁劲，谁跟谁，都没有关系，一定可以白头偕老。我们三个女的还好一点，等着他来挑选，从我们中选一个去就是了。但他就头痛了，选谁？怎么个选法？真难啊。很长一段时间，我们三人过着快乐的时日，而他整天除了工作之外，还要考虑选谁当他未来的妻子。这样快乐的日子一晃就是十年，我们还是在等他做决定，但是他越来越分不清我们的可娶或不可娶之处。我们估算着他每天的落发要比生发高出百分之几十，谈论着他什么时候头皮可见天日，同时耐心地宽厚地等待着他。

终于有一天，隔壁办公室招了几个年轻人来，我三个一起去打听，原来是一女三男，统统未婚。我们从头到脚看那个女的好久，然后回自己的办公室对他说，你去把那个女的娶了，省得另外三个像我们一样，也省得她像你一样。

他听从我们的话，他一直都非常听我们的话，一个月后就和那个女的结婚了。那三个男的，我们一个也看不上，但至少他们不会像我们一样，三个等一个。

## 慧　娘

慧娘的女儿在省城，先是上大学，然后工作，最后是出嫁。

今年，女儿告诉慧娘，她家买了新房子，让慧娘去她家过年。慧娘关了杂货店，拎着大包小包，上省城看女儿去了。

慧娘当时那个乐呀全都写到脸上了，眼也眯眯，嘴也哈哈，说是要去住上他几个月，好好享享女儿福，过过省城的舒坦日子。

可还没到正月十五，慧娘又巴巴地回来了。

慧娘回来后，杂货店重新开门做生意。人们发现，慧娘小气了，往日一角二角的都可以算了的，现在连七分八分都不愿让给顾客了。慧娘嘴也不哈哈了，眼也不眯眯了，时常还皱着眉头，或轻轻叹一口气。

别不是慧娘的女儿在省城出了啥事？有人就打听起来。

能出啥事呢？慧娘轻叹一声：城里房子，咱住不起呀！我那女儿女婿在城里是借钱买的房子。欠人家房钱足足三十年哟。小俩口连喝一口水都算计着用，这我都看见了。我在城里享福，一个子儿也不挣，他们养着我还要多花费一笔，你说我能住得安生？我说我得回来开店，挣一个算一个，指望享他们的福？还不得三十年以后呀？

打听的人听了慧娘的这番话，眉头也皱了起来。

# 保　姆

他与妻子去喝副总儿子的满月酒。副总对他不错，他经常对妻子说："有素质的人就是不一样，副总就是一个有素质的人。别看副总年纪轻，已经是个博士了。"

席间，妻子看见一个熟人，那个抱着婴儿的女人是他们家请过的保姆，虽然老了很多，但还是能认得出来。

妻子说："哎，她还在帮别人作保姆呢。"

他也认了出来，他想起当年保姆说，丈夫死了，儿子还在上学，自己不想改嫁才出来帮工的。这一晃十多年过去了，她还在帮人家当保姆，想必他儿子也没多大出息。

那个保姆一心地照看着婴儿，没有注意到过去的主顾。

他和妻子还是要去看看那个婴儿的。顺便与保姆问候一下。

"阿姨，还认得我们吧。"妻子对保姆说。

保姆认出了他们，笑眯眯地把婴儿抱给他们看："看呀，这是我的孙子。"

# 油

“友记汽车维修站”的招牌，在夜色降临时开始闪烁光芒，招揽着生意。

再有一小时就打烊了，吭吭吭地开过来一部大货车，友记认出是阿豆的柴油车，他迎了上去。

友记躺到车底下检查：“油管有一条小裂缝，把它焊上就可以了，先清理油箱吧。”

阿豆说：“用不着那么费事，你把工具给我，我自己来焊。”

焊枪口吐着红红的舌头，油管里的柴油冒着火焰，快乐地流向油箱，无限自由地伸展，膨胀，最后发出了一声巨响。

## 纯净水

他在街口的售水机处打纯净水，迎面走来一个大姑娘。

大姑娘穿着低胸小褂，胸前露出一团黑乎乎的东西。

哎哟妈呀！她的胸上咋恁多毛？他愣愣地盯着姑娘。

姑娘一点也不害羞，大模大样打他眼前经过。待姑娘走到近处，他才看清楚，原来是画上去的一朵黑色玫瑰。

嘿嘿！原来是花呀！

“叮”的一声，售水机停了。他一看傻了眼，水都灌到瓶子外面了。他心疼的不得了，好几块钱呢。心下又怪老婆太矫情，进城才半年，竟学城里人嚷嚷自来水有味儿，非要打纯净水喝。

他拿着瓶桶儿朝拐角的公共厕所走去，给了把门的三毛钱，进去灌了一瓶桶自来水出来。

扛着水朝家走，一路上想，但愿老婆别喝出来这桶水有味儿。

## 考研那一年

“我要出街了，给你们带点东西?”阿梅的笑包藏着一个得意，一个臭美。因为她是我们几个准研女生中第一个被男生约出街的。

“牛奶。”

“凉茶。”

“水果。”

“薯条。”

“什么都要。”我跟着喊了一句。

“抢劫呀?”阿梅拿上包，一阵风似地出去了，屋里留下一股清香。

“我的嘟嘟!!”阿丽大叫。大家幸灾乐祸地笑了，阿梅每次拍拖都偷偷地抹阿丽的香水。

半夜三更时，阿梅回来了。那个男生被宿管阿姨挡在楼下，阿梅打电话上来要我们下去搬东西。我们都看见了那个男生，长得很man，还开着奥迪，够让人眼热的。不，简直就是气人!

“回水（还钱），回水。每份都有标纸，都看清楚了。”一回到宿舍，阿梅就发话了。

“回什么水呀，都奥迪了，还请不起么?”

“你们看着办吧，他家是本地的地主，没上过大学。”阿梅好像也拿不定主意。

“唉，怎么会这样?!”

“这薯条吃多了上火。我不要了。”阿丽首先表态。

“上火就喝凉茶。给你。”

“凉茶喝多了流失钙质。”

“喝牛奶！补吧。给你”

“牛奶难消化。”

“吃水果！都给你。”

“我不回水！”我说。

“彩红你什么意思？”大家用异样的眼光看着我。

“这些东西太有用了。”我看着眼前的一大箱货，里面还有卫生巾，我正等着用它。

“你也不担心生仔不会读书？很激气的啊！”

“我丁克，可以吧！”

“地主家也可以让你丁克吗?!”傻丫头们笑得东倒西歪。

# 告 别

他告别了老板，也是他的师傅。他要离开大家，这让老板非常失望，甚至绝望地把他扫地出门。

师傅知道，凭他现在的本事，是不会挨饿受冻的。看着他瘦小的身影消失在远处，师傅的心中掠过一阵不安。这感觉似曾相识，让他想起了二十年前同样离他而去的大徒弟。

他决计不用师傅教他的本领，如果那样的话还不如留在他老人家的身边。可是他发现，自己真的是一无所长，就是给人家出苦力，别人都嫌他身子单薄。

他一直在挨饿，在受冻。实在受不了了，他只好行乞。他一边走一边向人伸手讨要，但是没有人帮他。累了，他就坐在地上，有人经过他就伸手。得来的只是几句骂语：年纪轻轻的，有手有脚的，不去挣，却来要，真可耻。

啊！可耻。他心中激动起来，竟想起了师傅。

他躺下了，他没有力气站立。

有个中年妇女从他身边走过又回过来看了他一眼，两根丰腴的手指从精美的坤包里迅速地挟出几个一元钱硬币扔在他脚下。

他的心脏有力地跳动了几下就停了下来。

他的灵魂跟着这个女人，欢乐地叫着：妈妈！妈妈！

他的老板，也是他的师傅，他的父亲得知他饿死街头，悲伤无比，他知道自己将油尽灯灭，他修书一封给大徒弟。

前面提到的那个女人在几天后收到一封信：你赢了，儿宁死也不去偷！我也要走了。

女人泪飞！

# 细小粉尘

城市已经有小半年没下过一场透雨了，到处布满了细小的尘粒。她在六十层的室内朝外看，想找到一条街道，那个让她的头发沾着仿名牌洗发水味道的发廊，不知还在不在。

发廊里没有吸尘器，那种电动剃胡刀可以将毛发碎成粉尘，她们的衣服上，甚至皮肤里就藏着这样的粉尘。因此，男人很容易分辨出她们与其他女人的区别。

在一个大雨滂沱的下午，他躲进了发廊，她用消毒毛巾给他擦头发，雨不停地下，好像要把城市和细小的尘粒一起冲走。他看上去有点郁闷，不停地吸烟。她说别吸那么多烟，对身体不好。他就把烟灭了，接着打了一个电话。

他的司机开着车来接他，他对她说，跟我走吧！她钻进那个轿车。那场雨一直下到第二天早晨，那个早晨，城市没有一粒灰尘。六十层高的屋里有吸尘器，她打开它，对着自己快乐地流泪。

她看到了那条街道，但没有找到发廊，站在六十层的室内，她没有勇气打开窗户，她惧怕所有的粉尘，她又用放大镜照自己，看那些细小的粉尘是否已经全部被吸尘器吸走。

## 老虎蜻蜓

一只老虎蜻蜓飞过来，正好停在这个三岁男孩的眼前。

老虎蜻蜓全身黑底，有金黄条纹，头大而圆。

男孩没见过老虎，也没见过蜻蜓。他伸手去捉它，就如拿一个吸引他眼睛的东西。它飞开了。它没有飞得太远，又停在男孩前面二三米。男孩走上前去再捉，他的动作要比上一次谨慎，但依然没有捉住它。它还是没有飞远，在男孩的一二米处再次停了下来。男孩又捉，动作诡秘，沉稳，眼里放着猫见老鼠一样的集中光芒。他成功了，捉住了这只老虎蜻蜓，接着是一声惨痛的嚎叫。

男孩玩累了，随便靠在一个地方睡着了，手里还捏着那只老虎蜻蜓。蜻蜓的翅膀隔一会儿振动几下，它的牙一直咬着男孩嫩白的手指。

## 挑　拣

春妮进城看她家老二，头天才到的。

第二天，春妮想帮着老二做饭，可是把老二家的三间屋子，连同阳台浴室都翻了个遍，也没找着米。

家里没米了？春妮犹豫了一下，还是拿上钱出了门。

春妮买回一包米来，打开来一看，吓了一跳：哎哟，这米里有好多黑头和黄头。这年景，就是乡下人也不用吃这等米呀！

春妮看着米好一阵发呆，想起老伴的嘱咐：到了城里，自己多注意些，别让老二媳妇挑拣你。

春妮扎上口袋，扛着米去找那卖米的。

卖米那人态度挺好，他说：婶，城里的米不能和你们乡下的米比，不但米不能比，就连水和空气都不能比，还有天，喏！他嘴朝天一撅还抱怨上了：不信你到晚上再看，连星星都没有……

春妮又把米扛回来了。

春妮在老二家住了几天，哪儿都不去，得空就弄那些米，春妮把米里的黑头和黄头一粒一粒地挑出来，足足挑出小半碗来。春妮拿着它对老二两口子说，看看，这是我从米里挑拣出来的。

老二说，有这么多呀，哎，以后要像娘一样把它们挑出来才行啊。老二冲他媳妇喊。

老二媳妇说，你挑得过来么，单位食堂，外面饭馆，不都是吃的这个。

晚上，春妮想起卖米人说的话，一宿没睡踏实。第二天一早，春妮对老二两口子说，今天我就回去。

## 保 险

歪老大和议员、警长，还有商会会长在大富豪俱乐部贵宾室吃茶说事，一个小弟进来说，来了个卖保险的女人。

议员轻松愉快地问：模样够不够上镜？

小弟回说，是个黄脸婆子。

商会会长摇头摆手，拉长着声音：这怎么做得了生意，让她走好了。

歪老大食指点着茶几说，慢，进得来大富豪也算她有能耐。照规矩办，先看看她的来头。

警长说，一个卖保险的，老大也太紧张了，别忘了，有我在呀，哈哈。

小弟说，已经查了，还真有来头。

小弟把女人的来头说了，除了歪老大，其它三人脸都绿了。这女人不是别人，是检察官的太太。

歪老大说，人家做的是正当生意，去，给每个兄弟都买上两份保险。

小弟又凑到歪老大的耳边说了几句话。歪老大沉下脸来，过了一会儿，转身对三人说，你们继续喝，我出去一趟。

不要被歪老大的名字给骗了，歪老大生得眉清目秀，站在那儿，玉树临风。走到哪儿，引无数美眉尽折腰。要说歪老大与这歪字带点关联，恐怕是他走的道，不正。

隔着玻璃窗子，几个人看着那个女人和歪老大走出大富豪，歪老大手扶着她水桶般的腰，边走边与她说着什么，女人笑得好灿烂。

哥几个松了口气，这一回，总算上了保险。

## 药

阿桂回来了，阿桂这次是趁爹不在家时进的门。他看上去有点虚弱，没了光鲜的衣衫，没了高级的礼品，可他手里还是拎着一个小包。

阿桂把小包递给娘，说这是俺给爹寻的药。

娘不敢去接他的东西，只拿眼睛眨巴眨巴地看着他。

自从爹知道阿桂在外边干的是偷窃的勾当，就把他打出了家门，扬言再也不许他进这个家。

娘，这个，这个不是拿人家的，这是我寻的偏方，专治火牙痛的。

看娘没有作声，阿桂喃喃地说，那，那我走了。

娘的眼泪就在阿桂转身的时候，吧嗒地砸在了地上。

阿桂说走但没真走，绕了个弯，翻矮墙从窗户爬进了自己的屋。灯也没开就窝到床上，被子散发着太阳晒过的香味，这味儿叫他安宁、犯困，眼睛一眯，沉沉地睡去了。

半夜里，阿桂被一阵哼哼声吵醒了，是爹！爹的火牙病又发作了，阿桂的心揪了起来。接着就听见娘起床的声音，他有些激动，希望娘快点把他寻回来的药拿给爹吃。可是，娘没有给爹吃药，照老法子，用老酒调生姜给爹治牙。这法早管不住了呀，爹痛得一直哼着喊着。

俺的娘啊，你这是为了啥呢？阿桂在心底狂喊一声。他再也躺不住了，悄悄起身离开家，两颗酸苦的泪珠子洒在了窗台上。

阿桂娘没听见任何声响，但她感觉到儿子来了，又走了，她颤抖着手，打开了那包药……

## 二愣的女人

二愣的女人比二愣还愣。

二愣的女人生得身高脸黑，高乳丰腚。说起话来，声如洪钟。

二愣的女人食欲旺盛，吃饭的时候也不晓得饱，总要二愣吼她，才肯作罢。如果真吃饱了倒还没事，否则会立马大哭，一边上河边洗东西，一边嚎个不停。

村里的大姑娘小媳妇在河边逗她，逗着逗着她就笑了，那笑声特响，能把河里的鱼整翻身了。

到了夜里，二愣一动她，她就吭哈，弄得要紧了她还呀呀地叫唤，搞得全村的老爷们不得安宁，娘儿们追着骂她。

二愣家穷，村长就让在城里当包工头的儿子带上二愣进城打工。临出发的夜里，二愣的女人整夜地叫闹，连野地里的狗都跟着咬了起来。

二愣进城打工了，可是头一天晚上又听见二愣女人的尖叫声。

女人们说，呀！坏事了，八成是二愣的女人叫坏人给欺负了，快去看看！

村民们抄家伙赶到二愣家，却见一个黑影从二愣家猪圈里闪出，朝村长家走去。

不知什么原因，没过几天，二愣就回到了村里。

二愣的女人还是身高脸黑，高乳丰腚。大伙却发现，她不哭不笑，也不闹了。

村子的夜里，从此安静极了。

# 三百元买不到的幸福

女人下岗了，和五岁的女儿相依为命。

为了补贴家用，又不耽误照看女儿，女人从附近的绣品厂领了针线活儿在家里做，起早贪黑，一天能挣30块钱。

女人淘好米，把锅坐到炉子上，生火，煮粥。女儿近几天肠胃不好，喝点粥会舒服些。

趁煮粥的空儿，女人想赶点儿针线活，女人拿起绣品，呆了。这件绣品女人已经熬了两天两夜，眼看就要交工了，好端端的竟不知让谁剪去了一块。

肯定是女儿干的，前几天还和我要针要线，问她干什么也不说。

女人越想越气，冲进里屋，一把拉过孩子，是不是你剪的？

女儿吓得脸都白了，支吾着，是我用了。

女人气昏了头，第一次打了女儿。

女儿哭着从小抽屉里拿出一块白绸布，妈，我错了，以后我再也不敢动你的东西了。

女人拿过白绸布，打开，上面用红线歪歪扭扭的绣着：妈妈，祝你生日快乐。

妈，今天是你的生日，我想送你件礼物，可我没钱买，就剪了一块你用剩下了的绸布……

女人的眼泪夺眶而出，一把将女儿揽入怀中。

母女相拥，痛哭。

女儿永远都不会知道，那件绣品，妈妈要赔300元。

女人心里很疼。女人心里很幸福。

# 一百万元的遗产

杰克这家伙快要疯了。想钱。

杰克不止一次找牧师倾诉：此生最大的愿望，就是做个有钱人。

牧师有些疑惑：为了钱，你能不惜一切？

杰克：当然，只要能满足我的愿望。您告诉我，我该怎么做？

牧师沉思良久：有一件事能满足你的愿望。知道贝丽吧，前几天向我倾诉，她的一位亲戚已病入膏肓，不久，她将继承一百万元的遗产，只要你能娶她……

杰克皱了皱眉，有些犹豫。第二天，还是向贝丽求了婚。

贝丽：不！这辈子，我谁都不嫁。

杰克：亲爱的，相信我，我是真心爱你的，我不在乎你的容貌……

杰克和贝丽很快举行了婚礼。家安在风景秀丽的河边。

三个月过去了，继承遗产的事杳无音信。

杰克有些难耐，去找牧师。

牧师说：我不会骗你，再等等。

半年后，继承遗产的事还是杳无音信。郁闷的杰克开始酗酒。

一天，喝醉了的杰克又打贝丽，可怜的贝丽嚎啕着，拼命往河边跑。杰克手里拿着菜刀，摇晃着身子在后面赶，嘴里恶狠狠地骂着：骗子！丑八怪！今天非杀了你不可。惊慌失措的贝丽被逼上了河堤，杰克冷笑着恶狠狠地扑了过去，“扑通”随着一声闷响，杰克一头栽进河里再也没有起来，河水溅起几朵浪花又恢复了平静……

警察的调查很快有了答案：失足落水，意外身亡。

三天后，有人来找贝丽：太太，您家先生半年前购买的保额一百万元的意外伤害保险，现在可以领取了。

## 股神的婚事

她，风华正茂，娇艳欲滴。

他，已略显老态。

她是看了征婚启事，慕名而来。

你就是大名鼎鼎的股神?

是的，以前是。

你以前炒股真的从未亏过吗?

从来没有失过一次手，更不曾亏过。

她满脸羡慕，真不愧是股神啊!

那你肯定很有钱啦。

当然，我曾经挣过上千万，不过，大部分我已捐给了社会。

没关系，钱对你来说就像土坷垃，想要多少，就有多少。

你现在正炒什么股?

什么股也不炒了，早就不炒了。这些年，我已疲惫，已没有精力在股海冲浪了，我已将所有的经验都传授给了我儿子，闲下来，正好有更多的时间陪你。

她立时耷拉了脸，那你来干什么?换你儿子来!

## 母亲的心愿

老母亲有两个儿子，大儿子精明能干，对母亲十分孝顺，小儿子窝窝囊囊，从来不曾管过母亲。

大儿子隔三差五地回趟家，给母亲买些鸡呀、鱼呀、肉呀什么的，临走还给母亲留下钱。

母亲省吃俭用，自己既舍不得吃，也舍不得花，背着大儿子，母亲把东西和钱送给小儿子用。

邻居们看不过，把这个秘密告诉了大儿子。大儿子非常生气，对母亲说，娘，你都这么大岁数了，管好你自己就行了，你管他干啥？谁让他不好好干呢！

母亲说，你弟弟也不容易哩，他用了，比我自己用了心里舒坦。

大儿子说，你要是再这样，我就不管你了。

大儿子又劝过母亲几次，每次母亲都答应着，可大儿子一走，母亲就又把东西送给小儿子。后来，大儿子还是知道了事情的真相，大儿子生气，就很少回家给母亲送东西和钱了。

母亲背着一个蛇皮袋子，到处捡破烂挣钱，帮着小儿子补贴家用。

有一天，母亲捡路上的一个矿泉水瓶子，不小心让车撞了。弥留之际，大儿子紧紧握着母亲的手嚎啕：娘啊，你不愁吃，不愁穿的，你说你捡的什么破烂啊？

母亲气若游丝地对大儿子说：娘期望你们都过得好，谁过得不好娘心里也不是滋味啊，娘不行了，以后你就把给娘用的东西送给你弟弟吧，就全当作娘用了，啊？

母亲的眼角淌出一滴清泪，缓缓闭上了眼睛。

大儿子大放悲声：娘啊……

# 情人节的玫瑰花

他和她青梅竹马。

他喜欢她。

她也喜欢他。

自从知道她是副市长的女儿，他对她有些疏远了。

情人节的这一天，她主动约他，一起散步。

大街上，他和她并肩而行，一个卖花的小姑娘缠着他，要他给她买支玫瑰花，小姑娘说了许多好话，他也犹豫了半天，可最终还是没有买。

不久，她就远嫁他乡。

她离开后，他才知道，她是他生命的全部。多少个不眠之夜，他为她泪湿枕巾。

十年后的情人节，他和她不期而遇。

他问她：当年你为什么要离开我？

她说：我有吗？你连一点表示都没有，我怎么知道你心里是真的爱我？

他说：直到今天，我对你依然还是念念不忘。

她说：说这些还有啥用？十年前的今天，你为什么不愿意给我买那一支玫瑰花呢？

他的嘴唇翕动了几下，却没能吐出一个字。

她不知道，那一天，他的身上连一个钢镚都没带。

## 继母的承诺

站在楼下，望着继母房间透出的灯光，我的牙龈一阵阵地作痛，这个看上去善良文静的女人竟然算计我，什么承诺？统统都是屁话！

去年，父亲一病不起，为了帮继母打理公司，我毅然放弃了出国深造的机会，大学一毕业，我就负责起了分公司的生意。

继母说，只要经营有方，两年后就把分公司交给我独立经营。

我把所有的心思都放在了工作上，马不停蹄地组织新货源、开拓新市场，并制订了一整套新的管理机制，工作业绩节节攀升，不到两年，公司规模扩大了一倍，效益翻了两番。

转眼，两年的时间到了，我想，是继母兑现承诺的时候了，可昨天，她突然宣布她的亲生儿子做了分公司的经理，这个女人原来早有预谋，作出承诺，只不过是想利用我而已，大骗子！

口口声声说什么一样看待，这不明摆着，还是偏向自己的亲儿子，看着她的亲儿子意气风发地安排着大大小小的部门，我的肺都要炸了。

“哥，妈让你晚上回家一趟。”她的亲儿子满脸笑容的对我说。

别叫我哥！她是你妈，不是我妈，我妈早死了，我气哼哼地想。

我阴沉着脸，敲开了房门。

继母正在客厅等我，她似乎没有觉察到我脸上的表情。看着眼前这个女人，我的牙龈疼得更厉害了。

继母微笑着对我说：“儿子，看到你今天的成绩我们真高兴，我和你父亲商量了，让你干分公司的经理实在委屈了，我们决定，从明天起，由你接任总经理的位置。”

我站在那里，立时呆住了。

继母将办公室的钥匙递给我，拉着我的手说：“儿子，祝贺你！”

我的喉头一阵哽咽：“妈……”

# 伤心也是爱

太阳炙烤着大地，像下了火。

大街上连个行人也没有。大黑狗也酷热难耐，趴在阴凉里吐着长长的舌头，呵呵地喘着粗气。

儿子就跪在这正午的阳光里，满头的汗。

父亲将门杠了，说什么也不让儿子和儿媳进家。

父亲说："就当我没养过你这个儿子，你也没有我这个爹，以后咱们就是陌路人，再也没有任何关系。"

儿子说："爹，昨天是我不对，您要是不原谅我，我就跪在门前不起来。"

儿媳有些急："爹，昨天您到城里借钱，我们没借给您，连家门也没让您进，我们……"

儿子说："我们什么，都是我们不对，妇道人家别乱插嘴。"

父亲说："你们以为借钱是为了我自己啊，我还不是盘算着趁身子骨还行，想多撵几只羊好给你们多攒些钱啊。"

儿媳眼里含着泪："爹，这些年您省吃俭用，没少接济我们，我们都在心里记着呢。有件事，一直瞒着您，前几天，我们办的公司破产了，家也抵了债，您去的时候，债主正在屋里清点财物，怕您见了伤心，所以连屋都没敢让您进。爹，这是两千块钱，给您放在门口，过两天我们再回来看您。"

父亲心里一紧，颤抖着手，"哗"的一声拉开门，一把拽起儿子，老泪纵横："两个傻娃吆，出了这么大的事也不言语一声，还把我当爹吗？傻站着干啥，还不快进屋，快进屋……"

## 一顿饭的恩情

民国年间，蒙山一带，土匪横行。为了掳掠钱财，土匪经常到附近的村子抓人当肉票。被抓的人家要在五天内拿六十块大洋来赎，逾期拿不上款，就被撕票。

一天，张大根被土匪抓上了山。那年头，兵荒马乱的上哪儿捞六十块大洋呢，一家人跑细了腿也没筹到钱。

五天的期限一晃就过去了，家人料定张大根必死无疑。

第六天晌午，一家人正在落泪，突然看见张大根晃晃悠悠地回来了，家人喜极而泣。

张大根说是一个土匪救了他，大家都听糊涂了。

原来，天麻麻亮的时候，土匪把张大根他们七八个人用绳子绑了，那个时候男人也都留辫子的，又将紧挨着的两个人的辫子系在一起，气急败坏地拉出去砍头。到了行刑的地方，将人一字儿排开，眼瞅着那鬼头大刀就要落下来的时候，突然，一个头戴灰毡帽，身穿黑长袍的土匪气喘吁吁地跑上来，一把将张大根从断头台上拽了下来。只听那人说，杀这么多人干什么？他是我的恩人。

张大根早已吓得两腿发软，那个土匪把张大根扶进一间小屋，给他端上一碗热水……慢慢回过神来的张大根这才认出，刚才救他的是一个月前到村子里赊销犁子的外乡人。当时，外乡人花光了盘缠，饿得眼冒金星，张大根见他可怜，留他吃饭，还把家里仅有的一块大洋拿出来给他作路费。张大根没想到今天在土匪窝里遇上，还救了他。

回家后，张大根大病一场，但总算保住了性命。后来，他常向后人讲起此事，最后总不忘叮嘱：人啊，看到别人有难处的时候，能帮忙的就尽力帮帮，说不定什么时候就用着人家哩。

## 一百零八个红手印

三年，三年没有回家了。

八十岁的老母，他特别牵挂。

“娘，儿子要到东山县小岭村工作了，不能在身边照顾您了。”到小岭任第一书记的那一天，他向娘辞行。

娘说：“去了就好好干，要多帮着人家干实事，别给人家添乱，你胃不好，记着身边别离了药。”他听了，鼻子直发酸。

五岁的女儿舍不得爸爸走，拉着他的手嚎啕：“爸，我不让你走啊，我就不让你走。”他抱起女儿，紧紧地，很久很久没有放下。

妻子眼圈有些红，哽咽着，只说了一句：“早点平安回来。”

他深感愧疚。妻子在企业上班，每天早出晚归，还要照顾老人和孩子，他不敢想象这三年妻子是怎么熬的。如今任期已满，明天就要回省城了，回去后一定好好补偿她们，他这样下着决心。那一夜，他梦见妻子张罗了一桌好菜，和母亲站在门口微笑着等他，女儿则早已向自己跑来，嘴里不停地喊着：爸爸，爸爸……

一大早，打开门，村主任牛二虎站在他屋前。二虎说：“李书记，昨天村民代表找了省委组织部和您的单位……这事，事先我也不知道。”牛二虎把一个厚厚的信封递给他。

他把信打开，上面写着：李书记，别走！小岭的发展离不开您哪……信的末尾是全村一百零八户户主的签名，鲜红的手印摁满了纸。

望着一百零八个红手印，他的眼圈红了。拨通妻子的电话，他说：“让我再干两年吧，村里的基础建设刚搞好，再有两年才能让大伙富起来。”

院外，欢呼声响成了一片，那是早已等候的村民……

# 第三辑

# 一生的信件

# 活　动

我是单位的一把手，他是我的一个副职。

我很器重他，他对我的安排也向来都是言听计从。

有一次，单位出了一点小麻烦，要不是他主动揽到自己身上，我哪里能有时间腾出手来摆平，我打心眼里感激这位讲感情、重义气的好兄弟。

最近，市委对各县区负责同志进行了调整，听说，他和新来的县长以前有交情。

下班后，我约他去了酒馆。

我说："有件事你得帮帮老哥。"私下里，我和他从来都是兄弟相称。

他毕恭毕敬地说："大哥，您的事就是我的事，有什么需要我做的，您尽管吩咐。"

我说："听说，你和新来的县长有交情？"

他说："那是多年以前的事，这几年也没怎么联系，我也是刚知道他调到咱县当了县长。"

我说："我还想在咱单位再干两年，新来的县长不熟悉，说不上话，你帮老哥去活动活动，东西我已准备好了。"

他赶忙说："这事您放心，我马上去办。"

第二天，我问他："事情办得怎样？"

他喜上眉梢："县长答应了。"

我喜出望外，没想到事情这样顺利。我感激地说："等事情办妥了，我在全县最好的酒店请你。"

一切都在我的意料之中，不久，县委果然对各部委办局进行了人事调整。

然而，让我没想到的是，我的副职、最要好的兄弟竟然成为单位的一把手，而我被调离了原单位……

## 叛　徒

游击队副队长吴亮被捕，不久，叛变投敌。

据可靠情报，吴亮带着一群鬼子，正悄悄向游击队驻地摸了过来。

战士们咬牙切齿，这个吴亮，没想到是个软骨头！

神枪手李二牛说，看我不一枪打死这个叛徒。

大队长周峰说，大家冷静，占领有利地形，见机行事。

看见啦，没错，走在前面的是吴亮，果然是他。

吴亮东张西望，一副惊魂未定的样子。

进入射程，准备战斗！

吴亮似有察觉，领着鬼子调头上了向东的小路。

周峰突然想起执行任务前吴亮说的话，周峰在心里痛苦地喊了一嗓子：吴亮！紧接着，东面传来一连串的爆炸声……

那里是游击队设好的雷区。

## 幸亏没发火

我在单位人力资源部门工作，本来算不上什么官，可在乡亲们眼里那是个管人管事的要害部门。所以在城里有事，乡亲们总爱找我帮忙。

星期天，老家邻居赵大婶找我，说，闺女大学毕业了，让我帮忙把她的户口落到我们局。以前，我办过这种事，就是把户口临时放一放，等就业了马上迁走。我说，行啊，你等我消息吧。

星期一一大早，我去找局长。我说，我老家一个邻居的孩子毕业了，户口没地落，想暂时在咱们局放一放。局长说，行，不过，你别忘了再和分管的郝局长打个招呼。

郝局长是个女的，上周刚调到我们局，年轻漂亮，说话也随和，挺有人缘的。

我兴冲冲地去找郝局长，郝局长皱着眉头说，落户口涉及计划生育管理，何况又是个女的，这事啊得研究。

哼！还研究？局长都答应了，你一个副局长算老几？

我正要发火，门开了。秘书小李说，郝局长，季县长电话。

郝局长翻了翻坤包，没见手机，匆忙去了办公室。

我疑惑地问小李，她不过是一个副职，季县长怎么会直接打电话找她？

小李白了我一眼，傻帽，季县长是郝局长的老舅。

我惊讶地盯着她的背影，不由打了一个冷颤，幸亏刚才没发火。

## 证　明

二憨是出了名的老实人，八竿子打不出个屁来。

二憨急急地往村长家赶，儿子当兵，村里得出证明。

二憨到的时候，村长正撅着屁股洗脸。村长白了一眼二憨：“大清早的，啥事呀？火急火燎。”二憨把事一说，村长有些不耐烦，“回去等着，研究研究再说。”

二憨悻悻地回了家。老婆问：“证明开回来了？”

“村长说，研究研究。”

“二憨啊二憨，说你憨吧，你还犟，亏你还是个大老爷们，这年头，哪有两个肩膀扛着一张嘴求人办事的。”

“去，买两瓶好酒，弄条好烟，再找村长去。”

看着二憨手里的东西，村长脸上有了笑意，“你看，又让你跑一趟，我不是说了吗，让你等着，看你急的，等会儿，准给你开，先回吧，开好了我让人给你送过去。”

二憨低头耷脑地回了家。老婆问：“开回来了？”

“没呢，不过，村长说待会儿准开，开好了让人送过来。”

日头过了晌，还不见证明。

老婆说：“俺去。”

二憨说：“俺一个大老爷们去了两趟都不行，你一个娘们家家的，村长会给你面子？”

两袋烟的工夫，老婆拿着买好的东西和证明回来了。

二憨惊奇：“你咋没把东西给他，还办成了呢？”

老婆说：“他敢不开！”

二憨上下打量着老婆：“你没做什么事吧？”

老婆捅了捅身边的二憨，小声说："俺是准备那事哩，可去的时候，正碰上三歪给村长送了一大堆东西哩，怪不得三歪包山那么便宜呢……"

傍晚，村长破天荒地带着好酒好烟去了二憨家，村长说："以后有什么事言语一声，可不能乱花钱了，乡里乡亲的谁用不着谁呢？"

# 一间空闲房

紧挨着姚三家，有一间空闲房。

姚三提拔为副处不久，领导说，隔壁那间空闲房你买了吧。姚三说，不买，门卫老陈病死在了里面呢。

后来，那间空闲房卖给了单位新来的王五。

姚三的老婆找领导。我们家姚三给单位出了多少力，孬好不计也是个副处级吧，到现在还住着两间房呢，那间空闲房要卖也得先卖给我们家姚三吧？领导说，是姚三自己提出不要的，现在想买，也已经晚了，王五房钱都交清了呢。

老婆埋怨姚三，领导早就要卖给咱，你为啥不要？

姚三拉长着苦瓜脸，我想，这间房子反正也没人要，领导还不早晚得送给咱，谁知道半路上竟杀出个程咬金，都怪那个王五。

姚三和老婆不由得痛恨起领导和王五来。

私下里，有人问：姚三，你怎么不要那间房啊？

姚三说：咱又不会送礼，谁知道领导图了多少好处。还有那个王五，别看年纪轻轻的，城府深得很，我老婆还好心好意地给他介绍对象呢，谁知竟是这样的小人！

同事们说：是吗？一间空闲房竟藏着这么多的猫腻啊。

再看领导和王五的时候，职工们就有了异样的眼神。

## 一个问题的两种态度

黄局长难得在家清闲。晚饭后，竟有空坐下来和女儿聊天。教育世家嘛，话题自然离不开教育。

女儿笑盈盈地说："爸，问你一个问题。"

黄局长关切地望着女儿："有什么问题，你说吧。"

女儿脸上写满期待："爸，你对大学生到山区支教怎么看？"

黄局长优雅地弹了弹烟灰："大学生到山区支教，这是国家号召，现在山区的教学条件和城里比还差得远，大学生能放弃城市优越的生活自愿到山区去，仅这一点就不简单，难能可贵！"

女儿笑了："这么说，你是赞同大学生到山区支教啦？！"

黄局长吐了口烟，坚定地说："当然，我们大力支持。年轻人嘛，就应该到基层去摔打摔打，越是条件艰苦的地方越能锻炼人啊！"

女儿欣喜地说："那太好了，爸，我也报了名要去山区支教。"

"你说什么？"黄局长顿时拉长了脸，在烟灰缸里狠劲按了按烟头，"不行，这绝对不行！"

## 调　教

双龙这孩子长得快，个头要比院子里同龄的孩子高半头，可是双龙的胆子特别小，和小伙伴玩常遭欺负。

一天，为了争一个玩具手枪，小虎又把双龙打哭了，双龙嚎啕着跑回了家。

双龙的妈妈很生气："哭，哭，就知道哭，他比你矮半头，你还打不过他？你不会还手啊！"

双龙就擦眼抹泪地说："我不敢。"

双龙的妈妈吼："你这孩子，怎么这么肉，有啥不敢的？以后谁要再敢欺负你，你就打他！"

在妈妈的鼓动下，双龙的胆子一天天大了起来。

长大后，双龙经常打架斗殴，下手特别狠。

"五岁那一年，妈妈把一只母鸡拴在我家门前的小树上，教我用棍子打，让我练胆……"二十年后，因犯故意伤害罪被判入狱的双龙悔恨地说。

## 女一号

穿着睡衣，女人坐在床边撅着嘴生气。

团长低着头，在房间里来回踱着，一口接一口地吸着闷烟，“行了，至于吗？”

“团里谁不知道，女一号向来都是非我莫属，噢，现在说不让我演就不让我演了？”

“我知道这样安排对你不公平，可现在不是情况有变吗？说好了，随便给她安排个角色的，谁知道她又提出要演女一号。”

“她想演什么角色，就安排什么角色，到底你是团长还是她是团长啊？你说，论长相，论演技，我哪一样比不上她？”

“我心里有数，她哪一样也不如你，可她给剧团拉来了50万元的赞助款啊。”

“哼！她不就是仗着有几分姿色招蜂引蝶吗？我要像她那样，我也能给你拉赞助。”

“扯淡！你以为你是谁啊？你以为她能办成的事，你也能办成啊？”团长将烟屁股往地板上猛地一掷，吼。

“死鬼，我可是你老婆啊，你不向着我也倒罢了，还胳膊肘往外拐，替她说话！”女人就嘤嘤地哭。

“哭，就知道哭！你知道她是谁？她是新来的市长夫人，得罪了市长，让剧团几十号人去喝西北风啊？”

## 您吃了吗

王小山有句口头禅，见了面和人打招呼总爱说，您吃了吗？王小山做梦也想不到这句话竟惹了麻烦。

一次，王小山在厕所里遇到局长，不经意地说，您吃了吗？局长连眼皮都没抬，哼了一声就走了。望着局长远去的背影，王小山狠狠地扇了自己两耳刮子，我这是说啥呀！

局长哼了一声，显然是对王小山不满。后天职称竞聘，听说得有七八个人落聘呢，局长会不会？……王小山不敢往下想了。终于熬到下班，王小山逃命似地冲出了办公室。挨到天擦黑，王小山带着礼品去了局长家……

回来的路上，王小山像买彩票中了大奖似地高兴。接下来的竞聘果然顺利，全局七个人落聘，平时不怎么显山露水的王小山不但没落聘，工资还长了一级呢。

聘上了职称，别无他求的王小山心情格外好。

一天上班的时候，王小山和局长走了个碰面，王小山笑嘻嘻地说，您吃了吗？局长皱了皱眉，打了两声哈哈。局长心里说，这个小子，职称我都给他聘了，怎么还老是提醒送礼的事？

下班的时候，王小山和局长又走了个碰面，王小山还是笑嘻嘻地说，您吃了吗？局长的心里就咯噔了一下，莫非这小子知道那件事？再过半年就退休了，不管怎样也不能让王小山这家伙给我捅了篓子。

不久，局里人事调整，王小山想都没敢想自己竟被提拔为副科长。

## 两根蜡烛

为了进一步提高教学水平，学校领导班子经过多次讨论研究，决定从周一到周五的晚上老师们要集体备课。

这一晚，老师们刚刚开始备课不久，学校突然停电了。教务处李主任匆匆忙忙地去请示秦副校长："是不是给每位老师买根蜡烛?"

秦副校长咝咝地吸着凉风，没有作声，好像牙疼。

李主任知道难为秦副校长了，可现在郑校长不在家啊。你们不知道，我们的郑校长是出了名的铁公鸡，特抠门，平时学校里的大小事情都是郑校长亲自过问的，尤其是开支，没有郑校长点头谁也别想动一分钱，副校长也是有职无权啊。平日里，秦副校长就挺憋屈的，一次秦副校长喝高了，说："以后谁要再叫我校长，我就和他急，那是混名字!"李主任试探着说："秦校长，要不咱还按老规矩，每人买一根蜡烛?"

秦副校长清了清嗓子，好像下了很大的决心，拖着长腔高声说："郑校长不是出差了吗？今天我说了算，每人两根蜡烛!"

李主任欣喜地说："好！我马上去办。"心里却在嘀咕："小秦哎，你小子好大的胆子，看老郑回来怎么收拾你!"

## 肠子都悔青了

老婆又在唠叨："你个窝囊废，我跟着你有什么好？一个月挣那点破钱，你拿什么还银行的按揭啊？还有这房子，你看看，除了旧家具就是旧电器，连地板都还是水泥的，你说，你是怎么混的啊？"

他也觉得窝囊，为了证明自己，更为了早日还上那该死的贷款，他开始偷偷地挪用公款炒股。凭着自己的一点小聪明和运气，他真的发了小财。

有钱了，他开始营造自己的小窝，花上 8 万重新装修，再花 10 万配置了现代化的家具、电器。

老婆喜上眉梢："老公，你还真行。"

他觉得自己是个人物了，不但老婆服服帖帖，而且官职连升了两级。

他又看中了一个股，狠狠心，他挪用了单位 30 万。他盘算着，这次挣了钱就能把房贷还上，再也不用受房贷的煎熬了。然而，他怎么也没有想到，这次，他竟然失算了！不久，此股大跌，他一下损失了 20 万。更要命的是东窗事发，他变卖了家里所有值钱的东西，东凑西借才勉强将挪用的公款堵上。单位没有追究他的刑事责任，但他被开除了。

老婆吼："你个窝囊废！连工作都没了？你这种人，我还和你过什么过？离婚！"

他急了："老婆，我不都是为了你吗？"

老婆又吼："为了我？我还嫌不够丢人啊？离！"

"除了 20 万房贷，我还有啥呀？"他狠劲抽着自己的耳光，声嘶力竭地喊，"早知这样，就算打死我，我也不敢挪用公款啊！"

他肠子都悔青了，可是上哪里去买后悔药呢？

# 汇 报

县里召开情况调度会，新来的局长忙于应酬，对局里的工作还不熟悉，便带上秘书小李去开会。

轮到局长汇报的时候，果然出了问题。县长越往细处问，局长就越回答不上来。看到局长吞吞吐吐的，小李壮着胆子就县长关心的问题作了详细解答，看着县长不住地点头，小李心里总算一块石头落了地。

回来的路上，局长说：今天多亏了你解围。小李一听局长夸奖自己，得意地说：这种事啊，小菜一碟。

第二天，局长找小李谈话：小李啊，我看你是个人才，放在局里可惜了，最近，县里分给咱们局一个下基层锻炼的名额，机不可失啊，局里研究了，你是最合适的人选。

不久，小李就到一个偏远山村挂职去了。

# 套

初生牛犊不怕虎，凭着有点内部消息，她说服他，携家中积蓄十万元大举进攻股市。不到半年，十万变成了二十万，她手舞足蹈，他高兴地透不过气来。

他说："赶紧出手，咱能挣十万呢!"

她说："再等等，还不到最高点，过两天，说不定还能多挣几万呢!"

天有不测风云，股市由疯狂转为阴绿，利润在一点点减少。

他说："赶紧出手，咱还有赚头。"

她说："当初那么高位都没卖，现在跌了，不卖。"

第三天，他说："赶紧出手，咱还少赔点。"

她说："能挣十万的时候都没卖，现在赔了更不卖。"

股票一路狂跌，本该到手的肥肉眨眼间没了，而且连本金也亏进了三万。

他恨铁不成钢，无休止地埋怨她："当初能挣十万，我让你出手，你为啥就是死抓着不出手?"

她说："我不是想多挣点吗?"

他说："那后来都跌了，甚至赔了，我让你出手，你为啥还死抓着不出手?"

她说："我那不是等股市回升，好少赔点吗?"

他说："我见过脾气倔的，就没见过你这样死拧筋子的。"

她说："埋怨啥，还男子汉，连一点抗打击的能力都没有，你想想，只要咱不卖，能算亏吗？总有一天会涨回去的，你等着数钱吧!"

## 书　痴

从记事的那天起，父母就千叮咛万嘱咐：聪聪，长大了好好念书啊。

聪聪上小学的时候，父母说：别贪玩，好好念书才能上重点中学。聪聪乖，一心一意地读书。

聪聪上重点中学的时候，父母又说：别分心，好好念书才能考上重点大学。聪聪听话，专心致志地读书。

聪聪上重点大学了，父母还是说：不能放松了学习，好好念书才能考研。聪聪懂事，只顾埋头读书。

转眼，聪聪上班就一年多了，每天下班，聪聪都会准时回家，不声不响地躲进自己的小屋读书，从来就没见有什么应酬。

父母急得跺脚：聪聪啊，别闷头光知道念书啊，有时间找领导谈谈心，和同事们聊聊也行啊，要学着适应社会，还要学会炒菜、做饭、洗衣服，要不将来你怎么独立生活？还有，你也老大不小了，找个女朋友谈恋爱呀。

聪聪就心烦：这些年，除了读书，我什么事都没有做，你们不是很满意吗？

聪聪把书翻得哗哗响。

## 谁砍的

李二牛家的杨树一夜间让人砍了五十棵，看着茶杯粗白花花的树茬子，李二牛心疼地落泪。

李二牛到派出所报了案。

所长领着干警到现场察看了一番，直皱眉，这种案子很难破的。所长看了看旁边的几棵大树，问李二牛："那些大树是你家的吗？"李二牛说："是，要不是树长粗了，还不也给砍了，所长你一定要惩治那个坏蛋啊！"

所长打了个电话，回头对李二牛说："把那几棵大树砍了。"

第二天，本村的朱三到镇林业部门告状，说，李二牛未经审批私自采伐，请领导们一定要严惩。

正说着的时候，所长从里间出来，命令干警："把朱三绑起来！"

朱三高喊："冤枉啊。"

所长说："冤枉？朱三，你为什么要砍李二牛家的树？"

朱三闻言，一下子跌坐在地上。

经过审讯，大家知道了原委。原来，朱三家盖房子找李二牛帮工，李二牛说忙，没去。朱三便怀恨在心，在一个月黑风高的晚上，朱三提着斧头对李二牛家的杨树下了黑手。

大家惊奇地看着所长："你怎么知道就是朱三砍的？"

所长说："你想，私自砍伐是犯法的事，朱三要报复李二牛，一定会趁机告状，我让李二牛把大树砍了就是要引蛇出洞。"

## 都是房贷惹的祸

老婆，都好几个月没肉吃了，光吃这些烂白菜啊？

有烂白菜吃就不错了，这个月还房贷的钱还没有着落呢！

吃吃吃，就知道吃，我看你就是个饭桶，一个月挣那点钱还不够还房贷的，瞎顶着个男人皮！有本事挣大钱去，还完了房贷，咱天天吃肉……

老婆又开始唠叨，阿桂头都大了。

上哪儿挣大钱呢？阿桂突然想起了电影中一个个发财的镜头。对了，杨三愣这个孬种这几年包工程发了，前几天去借二百块都不给，这一回我让你乖乖地给老子送十万。

阿桂将从南方带回来的东西，宝贝似地用布包好，学着电影里的样子用挂号寄给了杨三愣。

第二天，在一个偏僻的电话亭，阿桂捏着嗓子给杨三愣打电话：收到礼物没？明天下午五点，拿十万块钱，用黑色塑料袋装好，放在广场最南边的垃圾桶里，要是敢报警，别怪我的兄弟们打烂了你的脑袋！

下午四点，他早早地来到广场，找个偏僻的角落，窥视着最南边的垃圾桶。五点，杨三愣准时出现在广场，左顾右盼后，将一个黑色的塑料袋放进了指定的垃圾桶，然后，头也不回地匆匆走了。

阿桂一阵狂喜，算你小子识相。确认安全后，他若无其事地来到垃圾桶前，刚提起那个黑色塑料袋，黑洞洞的枪口就顶住了他的脑壳……

敲诈罪、私藏枪支弹药罪，他被判刑十五年。

法庭上，他嚎啕：都是那该死的房贷逼我的啊！

# 房贷还在长

当当当，有人敲门，会是谁呢？

卢杰打开门，心里咯噔了一下。门外站着银行的老李。

“你的手机怎么老是停机啊，是不是故意躲我？”

“哪能呢，欠费，让移动给停了。”卢杰尴尬地说。

“你的住房贷款超期了，知道不？”

“知道，知道。”卢杰吞吞吐吐地说。

“知道为什么不抓紧还？”

“我想还，可哪有钱啊。公司减员，我下岗了，工作刚有着落。”

“这个我管不了，你要不能还，我找保人去，现在我就去找老张。”

“别，别，你千万不能去找，让老张担保的时候我许诺过，就是砸锅卖铁也不会让他犯难。再说了，老张也有房贷，这几天银行催得紧，老张着急上火竟突发了脑溢血，现在还躺在医院不醒人事，怪可怜的。”

“那，我去找老王总该行吧。”

“别，别，你更不能去找老王，你要找了老王我的工资就没了，他是我的新老板。”

“那你说怎么办？钱是当初你求我贷的，总不能让银行扣我的工资吧！”

“要不，你再给我转转？”卢杰求饶似地看着老李。

“还转啊？息转本，本生息，这贷款你怎么还啊？”

“你别怕，人哪有穷一辈子的，这钱我早晚能还上。”

第二天，卢杰新找了两个保人办理了银行手续，房贷由四年前的两万，变成了今年的三万二，光利息就长了一万多呢。卢杰倒是松了一口气，这一年又能安生了。

## 三个吝啬鬼

有三个吝啬鬼，他们相约一起出游，各自背包里装满了足够两天用的面包和饮料。

天近晌午的时候，三个人的肚子不约而同地叽里咕噜叫了起来，又饿，又渴，又累，他们不得不找个树荫坐了下来。

每人吃了一块面包，喝了几口饮料，就再也舍不得吃了。要在平时，吃这些也就够了，可今天赶了那么远的路，这一点东西哪能填饱呢？肚子依旧叽里咕噜地叫个不停，三个人你看看我，我看看你，谁也不舍得动第二块面包，都熬到日头偏西了，也没想出个好主意，真不知如何是好！

"有办法了！有办法了！"一个吝啬鬼突然高兴地叫嚷起来。三个人一合计："好！就这么办吧！"

第一个吝啬鬼把自己的面包施舍给第二个吝啬鬼，第二个吝啬鬼把自己的面包施舍给第三个，第三个吝啬鬼再把自己的面包施舍给第一个，如此这般，三个吝啬鬼又高高兴兴地吃了起来。准备两天用的面包和饮料，一会儿就让他们用光了。

三个人心里都这样想：反正吃的都是别人白白施舍给自己的东西，吃光了也不是自己的。

## 我不是房主

观察了两天，趁着夜色，他大大方方地打开了302号房的门。

开灯，他开始翻箱倒柜，除了一个机动车驾驶证，他连一个钢蹦也没有发现。

他扫了一眼驾驶证，刘三，和自己重名！他赶紧用手捂住嘴，天啊，照片上的人简直就是自己！

他想了想，试着拨打驾驶证上的一个号码。通了，没人接。再打，总算接了。

你是谁？对方小心地问。

我是谁不重要，关键是我捡到了一个叫刘三的人的驾驶证。

还以为是银行催房贷呢！听得出对方松了口气。

他说，明天十点，带一千块钱到欢乐阁拿证，过时不候！

对方着急地说，我没钱，为了躲房债，我家都不敢回，六百，后天，我去拿。

他在心里骂了一句，怎么碰上这么一个穷鬼！

折腾了大半宿，有些累，还好，屋里有暖气，他住了下来。

天刚放亮，有人敲门，是一位胖大姐，你是？

吆，才一个月就不认识了？脸都胖了，刘三，你还欠物业二百块取暖费呢！

他不想节外生枝，赶紧掏出二百块钱，胖大姐嘟囔着：早这样，也省得我跑断了腿。

搭进去二百，他有些懊恼，死房主，躲什么躲？让我替你还债。

又有人敲门，不知又有什么事！

门外，站着两个青年，你叫刘三？是呀，我就是刘三。来人亮了亮证，我们是法院的，银行已将你起诉，有什么事法庭上说吧。

他说，误会了，我叫刘三，可我不是房主。他想说，我是来偷东西的贼，可话到嘴边，他又生生地咽了回去。

他一个劲地喊：搞错了，我不是房主！

一位路过的青年对媳妇说：看，没钱千万别买房。

他被强行带上了警车，伴随着刺耳的警笛，车向法院驶去……

# 送　礼

听说县里最近调整干部，又是一次提拔的好机会。

吴能小脑瓜子算计了半天，感觉时机已经成熟，单位就是有一个提拔名额也非自己莫属。为了确保不出现闪失，趁着夜色，吴能带上大包小包敲打着局长家的门。

门开了，局长夫人满脸不悦："局长不在家。"

吴能一看是局长夫人，心想那更好啊，只要局长夫人高兴，枕边风一吹，事情肯定能搞定。

吴能满脸堆笑地说："嫂子，我是来看您的，既然局长不在家，我就不进屋了。"吴能慌慌张张地放下礼品，临走又向局长夫人重复了一遍自己的名字。

吴能失算了，这次调整局里没有提拔任务，按说这事怨不得局长，可吴能就是觉得委屈。

自从送过礼以后，局长见了吴能总黑虎着脸。工作上的一点小纰漏，办公桌上的文件摆放不整齐，窗子擦得不明亮等等，只要有一点不合适，局长就会毫不留情地批评他。

吴能死劲想也没想出哪儿得罪了局长。

一天，秘书小李到吴能的办公室拿材料，说起局长，小李神秘地说："知道不，局长和老婆闹离婚，都分居了呢。"

"什么时候的事？"吴能急急地问。

"有一个多月了吧，怕影响孩子，两人都很低调，所以外人很少知道。"

"啥？都一个多月啦！"

看着一惊一乍的吴能，小李有点莫名其妙："你神经啊，人家两口子不和关你屁事。"

## 丑　角

春雷电影制片有限公司准备筹拍一部大片，一切准备就绪，只等一个丑角定下来，就可开机了。

导演说："张三，你演这个角色吧。"

张三说："演不了，一个铁杆汉奸，头顶上长疮，脚底下流脓，都坏透气了。"

导演找李四："李四，你演丑角？"

李四撇了撇嘴："演不来，整个一个狗腿子，比孙子还孙子。"

导演去找王五。

王五说："这个丑角有特色，想演好不容易，出镜时间又短，不想演。"

让谁演谁都不愿意演，导演只好去找编剧商谈修改剧本。

编剧笑着说，这个容易。不一会儿，编剧就把剧本改好了。导演一看也乐了，真有你的。

修改剧本的消息不胫而走。

张三、李四、王五在得到确切消息后一改初衷，纷纷要求出演。他们都说，导演找过我的，你们谁也别争。听说，连出演正面角色的赵六和钱七也报了名，一时应者如云……

原来编剧重新给丑角安排了一场激情戏。

## 不和当地人打交道

我在南方一个国有控股公司上班，企业效益不错，连年扩张规模。

一天，销售部李经理叫我，说："公司要开拓北方市场，想在蒙城设立办事处，你是当地人，情况熟，先打前站，物色个合适的场所。"

回到蒙城，我发动亲朋好友帮我四处打探，最后找了一个沿路的闲置办公区，交通便利，水电暖齐全，我觉得各方面都挺理想的。

第二天，我陪李经理找业主商谈房租价格，李经理房前屋后的看了一遍，说："出个价吧。"业主看了一眼李经理，漫不经心地说："一年租金八万元，还价免谈。"我一听就火了："你这不是蒙人吗？说好了，年租金最多不超过五万的？"业主不屑地说："你是当地人，我不和你打交道。"我正要理论，李经理说："行了，这事由我和他谈……"

最后，业主连一分钱也没让，以八万元成交。

李经理不但没有生气，还满脸堆笑的对我说："地方选得不错，办公设施齐全，位置也好嘛。"

签订租房协议的那一天，业主偷偷塞给我一个红包，我执意不收，业主急了，说："拿着，表哥，要不是你帮忙，我这房子上哪儿租这样的高价啊？"

业主心满意足地刚走出两步，又回头附耳对我说："忘了告诉你，李经理那儿，我早已按你的吩咐打点好了。"

## 秘 密

一夜间，我成了令人羡慕的市长秘书。

有一天，我匆匆忙忙地去找黄县长，我说：“黄县长，您好，我是陆市长的秘书，找您有点急事。”

黄县长疑惑地盯着我：“我怎么不认识您哪？”

我微笑着说：“我是他的新任秘书，不认识没关系，一回生，两回熟嘛。”拿出手机，我调出陆市长的电话：“黄县长，还是让陆市长亲自和您说吧。”

黄县长急忙笑着说：“岂敢，岂敢，有事您说话。”

我向前探了探身子，神秘地说：“陆市长的车在去省城的路上出了点麻烦，急需3万块钱，这件事，陆市长不想让外人知道。”

黄县长受宠若惊地说：“明白，明白，您稍等，我马上安排！这点事，打个电话就行，还让您跑一趟。”

我说：“陆市长不是不愿声张嘛。”

事情办妥后，我又马不停蹄地去找郝局长，我说：“郝局长，您好，我是陆市长的秘书，找您有点急事。”

郝局长上下打量着我：“可我不认识您哪？”

我爽朗地笑着说：“我是他的新任秘书，不认识没关系，一回生，两回熟嘛。”拿出手机，我又调出陆市长的电话：“要不，让陆市长亲自和您说？”

郝局长急忙站了起来：“不用，不用，有事您尽管吩咐。”

我伏在郝局长耳朵上，低声说：“陆市长的公子遇到了点麻烦，急需5万块钱，这件事，陆市长不想让外人知道。”

郝局长诚惶诚恐地说：“知道，知道，我这就叫人去办！这点事，打个电话就行，还让您跑一趟。”

我说：“陆市长不是不愿声张嘛。”

后来，把我吓坏了，因为他们很快就知道了事情的真相。

奇怪，他们竟然谁也没有告发我。

## 意外伤害

张萌和李帅是好朋友，好到什么程度？穿一条裤子！

一天，张萌请李帅喝酒，一斤白酒下肚后，两人为一点小事争吵了起来，好像是李帅要做什么事张萌不同意。

张萌说：“你听劝不听劝？你要不听我把你的耳朵削了去，你信不信？”

李帅说：“你是我什么人啊？你管我？”

张萌说：“我就管你了，听不听？”

李帅说：“我就不听了，你能把我咋的！”

“真不听？”

“真不听！”

“就是不听？”

“就是不听！”

张萌拿起桌上的水果刀，奔李帅的耳朵削了过去。

只听噗嗤一声响，李帅的耳朵掉到地上去了。

两个人傻了眼，足足过了三秒钟，两个人呼的一声站起来，拼命地向店外跑去……

张萌去了派出所。李帅住进了市医院。

张萌哭得鼻涕一把，泪一把：“你个该死的李帅啊，你想害死我呀，我只是想吓唬吓唬你，平时你都躲闪的，这次为啥就不躲了呀？”

李帅躺在医院的病床上哼哼叽叽：“你个该死的张萌啊，亏我把你当朋友呀，我还以为你是吓唬我呢，平时你都不玩真的，这次为啥就下了黑手呀？”

张萌和李帅满肚子都是怨气，怨谁呢？

## 整　容

郝局长痛恨自己长了一张麻脸，因为这张脸坏了郝局长许多好事。

趁独自出差的几个月，郝局长偷偷到医院做了面部整容手术，他想给大家一个惊喜。

几个月不在家，局里有一大摊子事等着处理呢。出差归来，郝局长顾不上回家，就心急火燎地去了单位。

刚到门口，门卫老刁拦住了去路："这是办公场所，闲杂人员不得入内。"

郝局长窃喜，看来这容整得不错嘛，连老刁都没认出我来，好！郝局长昂首说："你好好瞧瞧，我是局长呀。"

老刁把眼一瞪："你是局长，我还是县长呢，一边去！"

郝局长看老刁不像是装出来的样子，急了，"老刁，我是郝局长啊，你还是我招进来的呢！"

"少废话！郝局长我还不认识？光天化日之下你竟敢公然冒充国家干部，再不走，我拉你到派出所去。"

"吵啥吵？"两人正在拉拉扯扯，办公室曹主任走了过来。

郝局长像看到了救命稻草，急急地说："曹主任，我是郝局长啊。"

曹主任一皱眉："哪来的疯子，老刁，赶紧轰走！"

"这年头，想当官都想疯了。"曹主任嘀咕了一声，背着手走了。

无奈，憋了一肚子火的郝局长只好先回家。敲门。妻子探出头："你是谁？"

郝局长说："我是你老公，老郝啊。"

妻子大骂："流氓！想占老娘的便宜，快滚！再不滚蛋老娘报警！"

郝局长哭丧着脸回头去找医生："大夫，求求你，再让我恢复原来的

模样吧！”

医生说：“好端端一张俊俏的脸，干嘛非要整成丑八怪啊？你这不是要砸我的饭碗吗？不成！”

郝局长听罢此言，一阵晕眩，昏死了过去。

# 十块钱的住宿费

二根有家难回，因为十块钱。

二根是村里的新任会计，昨天到城里开会，住宿的时候，服务员说，要发票三十块，不要发票二十块。村里也不富裕，为了给集体省钱，二根让旅社开了张收据。

回村后，二根找村主任签字报销，村主任把收据扔了出去，说，你就是省一百万，没有正规发票也休想报一分钱。

二根的老婆听说后，大闹。给公家办事，还要自己掏钱，没门。你要报不了，就别想回家。

二根无奈，拿着收据，又往返九十里去城里住宿的旅社换回了发票。其中车费六十元，午饭二十元，住宿费三十元。村主任一一签字报销。

## 等候时机

船夫驾条木船，送一对母子过河。

河水清澈，两岸杨柳葱郁婀娜，离船头不远处，不时有鱼儿跃起，又落下，跃起，又落下。小伙子高兴地不时将手探出船外，用手轻轻地划着河面，偶尔撩几把水，溅起朵朵浪花。

船已到河心。

或许过于陶醉，小伙子竟突然将大半个身子探出船外，没等船夫喊，就一头栽进了河里。

离小伙子落水两三米远的地方，船夫将木船稳住，眼瞅着小伙子在水里挣扎。

母亲惊呼：快救救我儿子，他不会水！船夫一言不发，只是默默地盯着小伙子看。

母亲急了，扑通一声跪在了船夫面前：求求你，快救救我儿子吧！船夫仍然一言不发，只是默默地盯着小伙子看。

母亲号啕大哭起来：只要你能救我儿子，什么条件我都答应。

母亲话音未落，船夫一个漂亮的起跳，一头扎进水中，三两下就把小伙子拖上了船。

小伙子吐出几口水，慢慢地苏醒了过来。

船靠到岸边，母亲掏出钱递给船夫：这两千元你先拿着，还有什么要求，你尽管提。

船夫说：已经收过钱了，这钱我不要。

说着，船夫调转船头，喊一声：回喽。

船刚划出不远，船夫听到身后那位母亲鄙夷地冷笑着说：不要钱？为什么我没许诺之前再怎么求你，你都无动于衷呢？就算是真的不要钱，你的水性那么好，为什么非逼着我苦苦求你呢？摆臭架子！虚伪！

倏然，船夫的双眸模糊了……

他心里说：你以为我不及时施救是摆架子、想要钱吗？我是在等候救人的时机啊！

船夫没回头，用力划动双桨，小船劈开水面，向前疾驶，船后留下一串长长的波纹，像一个巨大的感叹号！

# 守 望

他知道，他对她的喜欢只能深深地埋在心底。

那次，去送桶装水，看到她手里的书，他冒冒失失地说了一声，你也喜欢汪国真？她抬头看了看眼前满脸汗水的年轻农民工，一脸惊诧。他说，他特别喜欢《热爱生命》。她说，她也喜欢。再来送水，两人就常常聊起汪国真……

他工作的地方就在她家对面，每天晚上，他都能看到三楼窗上那个读书的美丽身影，他的心里暖暖的。

工余，他拼命地读书，偶尔也向报社投稿，他想，只有努力提升自己，才能拉近与她的距离。

一天，他写的小诗发表了，他欣喜若狂，拿着报纸去找她，姐，这是我写的。她一脸惊喜，上报了，行啊。他静静地看着她微红的脸，满心的幸福。

两年后，她结婚了，新郎是另一个人。那一晚，他站在她的楼前，望着贴着红双喜的三楼发呆。深秋的风吹起他的头发，飘呀飘，就像他的思绪。他一跺脚去了南方，希望有一天能够荣归故里。

五年后，他回来开办了自己的公司。几经打听，才知道她搬到了另一个小区，离了婚，和四岁的女儿相依为命。他想去找她，对她说，我爱你。可他没有勇气，有了钱你就能娶她？再有钱，你也是个农民。不久，她下了岗，看不得她受苦，每个月他都给她汇款，还托人给她找了一份体面的工作，看着她的日子一天天好起来，他心里特幸福。

每天晚上，他都会来到楼前，听着李琛的《窗外》，默默地守望那个熟悉的窗口。多少回我来到你的窗外，也曾想敲敲门叫你出来，想一想你的美丽，我的平凡，一次次默默走开。

## 机遇难求

失意人酒吧，吴能科长一个人在喝闷酒，他想不通，机遇为什么总是和他擦肩而过？

刚参加工作的那几年，看到身边的人一个接一个地提拔，吴能有些着急，领导说：小吴啊，好好干，你还年轻，以后有的是提拔机会。吴能想，也是，咱才工作了几年，慢慢等吧。

一眨眼的功夫，八年过去了。吴能已不是原来的小吴，成为一个重要科室的一把手。又有一次提拔机会，吴能找领导，我的资历够深了，这次总算轮到我了吧。领导说：吴科长啊，现在提拔干部要求知识化、年轻化，学历你没问题，可你的档案年龄已经超过了三十五岁，不符合要求啊，再等等吧。

就这样，吴能科长错过了一次又一次提拔的好机会。前几天吴能科长好一阵高兴，提拔的年龄放宽了呢，这次应该是瞎子擤鼻子——稳把攥了。上午，领导找吴能谈话：老吴啊，论能力，论工作，你早该提拔了，这次组织上也考虑你了，可惜你的身份不是公务员，想提拔都难啊。

吴能科长猛喝了一口白酒，咱怎么就没摊上个好时候呢？

吴能是我们县里的第一个研究生，听说是作为特殊人才由当时的县委书记亲自引来的呢，来的时候，县里的单位任他挑选。

## 夺命追魂贴

事隔十年，追魂贴重现江湖，武林人士无不震惊，武林又要面临一场血光之灾。十年前，贴到命亡，整个武林无不谈贴色变。

如今武林盟主“随风飘”何云飞突然又收到追魂贴，大家无不为他捏了把汗。

月朗星稀。晚来风急。

荒滩。一袭黑衣的何云飞依剑而立。

一白衣人从树梢悄无声息地掠来。

“想不到，事隔十年，你冷血无情竟敢找上门来。”何云飞一声冷笑，“你假造追魂贴引我前来何事？”

“十年前，我听信你的谗言，为你铲除异已。后来，你竟趁我酒醉砍掉了我的一只胳膊，抢走追魂贴，假借我的名义杀害异己，今天我要夺回追魂贴，为死去的武林同道报仇。”

“就凭你，少了一条胳膊，还不是白来送死！”一道寒光直刺白衣人要害。

白衣人只轻轻地一闪避开剑锋。

何云飞心里一惊，想不到十年不见冷血无情的功力竟有如此长进。何云飞不敢怠慢，运足了气力，反手一剑直取白衣人咽喉。

白衣人又是轻飘飘地一闪，“今天我要取你的狗命！”

“万花洗剑！”

何云飞立时被白花花的剑光围住，左抵右挡，哪知剑锋已从后心插入。

“你，练成了魔幻剑法——”何云飞话音未落，咚的一声栽倒在地。

“哈哈，想不到，我会因祸得福，是你，逼着我在密林里苦练了十年，才悟透这绝世武功，从今天起，但愿江湖能够太平。”白衣人从何云飞身上搜出追魂贴，撕成碎片……

白光一闪，白衣人消失在了无尽的月色里。

## 涨停敢死队

一大早，老张在电视台门口遇到老李："老李呀，今天怎么有空到这儿来溜达，不去炒股了？"

老李说："炒啥呀炒，老婆要炒我鱿鱼，逼着我斩仓离场了！"

老张说："你们涨停敢死队不是炒的挺红火吗？听说，每天追逐热点都准确无误。"

老李长出了一口气，说："是啊，人有多大胆，股有多高产，我们涨停敢死队天天都在追涨杀跌，个个就像中了邪一样勇敢，是该出手时就出手啊，风风火火闯九州啊。"

老张羡慕地说："这不挺来劲吗？炒得好好的，干嘛还斩仓离场啊？"

老李生气地说："你就听忽悠吧！你不知道，在那个电视名嘴的引导下，我是热血沸腾，一出手就投进去了五万，半年下来，我的两万块钱没了！"

老张说："哎呦，是有点惨了，那你来这儿干啥？"

老李说："我来干啥？我来等那个电视名嘴！"

老张说："对，炒股可不是闹着玩，是该当面好好请教请教。"

老李气急败坏地说："请教？请教个屁！这次，我要当一回真正的敢死队员，要是让我碰见他，我就杀了他！"

## 半匹布

老孙头活了大半辈子，一向为人正直，处事公道，可有一件事直到现在还让他念念不忘：那时农村还吃大锅饭，生活物资紧缺，买粮要粮票，买布要布票。他担任大队的队长，那一年年关，公社给了队里半匹布，按户均分吧，布扯零碎了就糟蹋了，分给困难户吧，只要有一户不同意，你也分不成。老孙头和大队会计合计了一上午，终于想出了一个好办法。

到了晚上，全大队的社员都聚集在大队院子里开会，老孙头说："今年，公社给了咱们大队半匹布"。话音未落，场下就沸腾了，一个小伙子高声嚷道："可别少了俺那一份啊！"老孙头说："大家别急，听我把话说完，这布可不是白给的，公社说了，谁家要是用这布，可以救救急，但三年后必须双倍返还，有愿意用的，现在就到会计那里报个名。"

大家嘁嘁喳喳了好一阵子，最后只有穷的叮当响的张三、李四、王五、赵六和钱七报了名，大队会计当场就把布均分给了五户人家。

三年后，有人提起还布的事，老孙头不无得意地说："当时，你们穷得连盐都称不起，我这个办法既把布分了下去，又救济了困难户，高明吧？"

谁知有人竟不高兴，说，别看老孙头平时挺正经的，没想到是只老狐狸，连这样的法子都想得出来，他自己还不定占了公家多少便宜呢？

老孙头一听，立时翻了白眼……

## 丢了一支笔

电话叮铃铃地响个不停，我赶紧抓起话筒，是县委办公室，有紧急会议通知。

“您稍等。”笔呢？刚才还在桌上？我手忙脚乱地找遍了抽屉，翻遍了桌上的报纸，没有！肯定是老李拿走了，除了老李，办公室里没有外人来过呀？这个老李，怪不得大家都说他爱占小便宜，原来真好拿别人的东西呀。该死的老李，这不是成心让我难堪吗！

“对不起，您再稍等一下。”放下电话，我急忙跑到隔壁办公室找小王借笔。小王傻傻地看着我。“傻站着看啥，我那里电话等着呢！”小王说：“你不是有笔吗？”“有我还找你借呀，我的笔不知让哪个挨千刀的拿走了！”我气呼呼地说。

小王表情怪怪的，用手指着我说：“那不是在你耳朵上吗？”

## 最合适的人选

吴科长提拔为副局长，业务科科长空缺。局长征求吴副局长的意见。

吴副局长说："A 和 B 是我的左膀右臂，最好能同时安排，建议把 A 调到办公室任副主任，让 B 担任业务科科长。"吴副局长这样说，其实是有想法的，业务科是一个容易出彩的地方，继任者总不能超过前任的好，B 粗枝大叶，就是使出喝奶的劲，料他也不会干的比我好。

局长想了想，说："好，办公室正好缺笔杆子。"

不久，上级通知要来检查业务，要干的事一大堆呢，要调度情况，要整理档案，还要起草汇报材料，看着呆瓜一样的 B 科长，吴副局长火急火燎地到业务科替 B 做了一一安排，并让 B 科长抓紧准备材料。

第二天，B 科长拿着汇报材料交给吴副局长，吴副局长一看傻了眼，这是写的啥呀？驴唇不对马嘴。吴副局长说："叫 A 科长来。"B 说："A 不是调到办公室了吗？"吴副局长亲自去找 A。A 说："我又不干业务科，你养着老 B 杀肉啊？我不干！"

吴副局长没想到一向听话的老 A 也敢顶撞自己，碰了一鼻子灰，吴副局长脸红脖子粗地回了办公室，只好亲自操刀。

吴副局长懊恼地写着材料。一旁的老 B 翘着二郎腿，悠闲地品着香茗，和另一位副局长天南海北地聊。吴副局长鼻子都气歪了，我这哪儿是副局长啊，不还是业务科科长吗？

## 百元大钞

快收摊的时候，有个青年拿一百元大钞买走了张三最后六个西瓜。

张三用手弹着百元大钞有些吃不准，这钱不会是假的吧？

青年拍着胸脯：假的，我是你孙子。

张三掏出小票，找给青年二十五元。

张三高兴着呢，今天卖了一百多，给老婆孩子割二斤猪肉去。

举着百元大钞，肉店老板端详了半天，假币！

假币？张三懵了，不会吧？

肉店老板指画着，你看，你看这个地方，真币是这样子吗？

忙活了一整天，竟然是假币？张三气得跺脚，恨不得找出那个青年把他给撕了，龟孙子！

张三想，总不能让钱白白打了水漂吧。挨到天擦黑，张三进了一家服装店。店主是个女的。张三匆匆忙忙地选了一件九十五元的T恤衫，递给她一百元。

那女的用手弹着百元大钞有些吃不准，这钱不会是假的吧？

张三拍着胸脯：假的，我是你孙子。

那女的咯咯笑了，哎呀老哥，你折我的阳寿啊。找给张三五元。

刚走出店门不远，那女的就追了上来，急急地喊：钱！钱！

张三心说：坏了，准是看出破绽了。张三闷着头，加快了脚步。

那女的撵上张三，喘着粗气说：不好意思，你要的这款调价了，还得找给你二十块。

张三感觉脸有些发烫，嗫嚅地说：把一百元还给我，我不买了。

那女的立时拉长了脸：你这人，我实实在在地找给你钱，你竟然怀疑我的货有问题！不退！女人把二十块钱塞给张三，气哼哼地转身走了。

张三站在那儿呆了，怎么这样呢？

# 救　济

一场突如其来的风灾，刮毁了杨柳村十六户村民的房屋，为了帮助村民抗灾自救，村长心急火燎地组织广大村民为受灾户捐款。

村长就是村长，怪不得人家能当官呢，素质就是高，一出手就捐了五百元。

村长夫人听说后可不干了："你傻啊，咱家受灾最重，你还捐五百？"夫人又哭又闹，疯了一样撕扯村长，把村长的褂袖子都撕破了。

村长气得直跺脚："女人见识！"

在村长的带动下，村民们踊跃捐款，只用了两天就收到捐款三万元。

村长吧嗒吧嗒地抽着闷烟，过了好一会儿，把烟屁股往地上一扔："就按我说的办。"他让村会计给每个受灾户送去了两千元，而他自己一分钱也没有要。

村长夫人气昏了头，疯了一样抓起家里的碗盘碟子往地上摔："这日子不过了！"

村长的事迹感动了全村人，这么好的村长打着灯笼也难找啊。大家能出工的出工，能出料的出料，帮着村长干脆把风刮坏的旧房拆了，盖起了新房……

住进新房的那一天，喝多了酒的村长忍不住冲着老婆笑出了声："蠢婆，光工钱就省了一万多呢。"

# 卧 底

驻守益州城的日军少佐龟田得到秘密情报，说皇军内部有个共产党的卧底。龟田立即组织精干人马展开了秘密调查，三天过去了，连个蛛丝马迹也没有查出来。龟田正在苦恼，伪军队长四癞子气喘嘘嘘地跑来报信：“报告太君，抓到一个重要人物，他说，他知道这个卧底是谁。”龟田大喜，两眼放着贼光：“呦西，你的功劳大大的。”四癞子有些结巴着说：“可他，他没告诉我。”

于是龟田和翻译两人连夜到牢房一起审问那个人，看看卧底究竟谁是。

龟田做了一个手势对翻译说：“问他卧底是谁？”

翻译将龟田的意思说了一遍，那人听了只是摇头：“我不能说。”翻译向龟田解释说：“他说，他不能说。”龟田恼羞成怒，嗖的一声拔出东洋刀架到了那人的脖子上，吼道：“你的，说还是不说！”

翻译笑着拍了拍那个人的脸蛋说：“快说吧，你要再不说出来，少佐准会砍了你的脑袋！”

那个人急地扭曲了脸，挣扎着拼命地喊：“太君！他就是那个卧底啊！”

龟田疑惑地看着翻译：“他说什么？”

翻译回答道：“他说：笨蛋！知道也不和你说啊！”

# 第四辑 谋杀未遂

## 速　记

出了会场，王华活动者发酸的手指，深深地吐了一口气，风是那么轻，灯光是那么暖。

“亏我写字快，会议内容一字不落全记下来了！”回家的路上，王华为自己练就了一手速记本领暗自得意。

“王华，好好记录，以后我亏待不了你！”李副局长的话又在耳边响起，李副局长每每醉酒，若有会议都安排王华去听，过后，他看看王华的记录，就知道会议情况了，然后再找局长汇报，这么多年从未出过差错。李副局长虽是二把手，可老局长马上就要退休了，搭上这样一个潜力股，你说王华能不高兴吗？

第二天下午，李副局长黑虎着脸将王华叫进了他的办公室，“昨天的会怎么搞的？”

王华愣住了，站在那里满脸的疑惑。

看着李副局长紫青着脸，王华心里七上八下的。

王华努力回想着开会的每一个细节，“会议内容全记下来了呀？莫非，莫非签到时我写上了自己的名字？”

# 惑

人事部李昊急匆匆地找王总汇报，没想到竟和迎面赶来的小密撞个满怀，小密绯红着脸，说声对不起，快步跑了。李昊纳闷，“有啥子嘛！不就是碰了个头吗？又不是故意的，还用得着脸红？”

李昊前脚刚迈进王总的办公室，就像针扎着一样，赶紧缩了回来。

王总弯着腰，一只手死劲扶着桌子，书也散落了一地，肯定是在气头上呢，这时候进去还会有好果子吃？

李昊蹑手蹑脚地跑了，他怕控制不住自己，再弄出点什么动静来，可身后还是传来了王总地叫骂：“我说，外面是哪个龟孙子？”

第二天，李昊再去找王总，才知道住院了，听说昨夜路遇歹徒，王总为救一个女青年，让人踢伤了下身，差点就废了。

李昊不敢怠慢，赶忙跑去医院看望王总，更重要的是有要事报告。

李昊着急地说：“王总，不好了，小密辞职了。”

王总说：“这样的人辞职也罢！放着好好的工作不干，真是犯贱！”

李昊知道王总喜欢小密，忙说：“王总，要不我去把她请回来？”

王总说：“请个屁，告诉财务部，把她这个月的工资全扣了！”

李昊不明白，王总今天这是怎么了？

李昊突然想起昨天下午的事情来，心里就咯噔了一下，“莫非，莫非是小密废的王总？”

# 职业秘书

我干秘书有三年了吧，怎么？嫌我资历浅？我可侍奉过一百多个领导呢！不相信？你以为我吹牛是吧？那就来看看吧，我正给我们王总起草人事调整意见呢。

“王总您看这样安排怎样？”我毕恭毕敬地将起草好的意见书递给王总。

王总拿着意见书仔细地审阅着：“这样安排不妥嘛，把小米调到公关部去，整天穿着个超短裙在眼前晃来晃去，晃得那几个年轻经理的眼睛都花了，还能一心用在工作上吗？”

我说：“是是，调到公关部正好发挥她的特长，可以吸引更多客户的眼球，王总，您老可真是知人善任，高！”

“还有，这个小贺，不但不能调出办公室，而且这次要提升为副主任！”

“王总，这个小贺才来几天？再说了，既不勤快，也不聪明，整天大大咧咧的像个大爷似的瞎逛，什么都不会，怎么能提拔他呢？”

“这你就不懂喽，他背后有市长呢！”

按照王总的意思，很快我就把人事调整意见修改好了，我毕恭毕敬地又把意见书放到王总面前。

王总仔细浏览了一遍，挥笔写上了两个大字“同意”。

王总站起身，紧握着我的手微笑着说：“认识你很高兴，希望你以后能够常来，谢谢！”

我说：“别客气，这是我的工作嘛。”

靠！我当然愿意常来了，一个小时六十五块呢！

## 我知道

夜很黑。

我急匆匆地拐进回家的小巷，灯光更黯淡了。

黑暗中突然闪出的黑影挡住了我："站，站住，把钱拿出来。"

我知道，我遇上劫匪了。

我冷冷地看着黑影："我要是不把钱拿出来呢?"

"那就别怪我对你不客气。"黑影晃了晃手中的刀子，"其，其实，我不想伤害你的，只要你把钱留下。"

是啊，人为财死，鸟为食亡，怎一个钱字了得。

我掏出身上仅有的二百块钱，递给黑影。

黑影顿了顿说："你，你走吧。"

走出两步，我又回头说："我就住在前面，如果不够，跟我回家去拿。"

黑影嗫嚅起来："对，对不起，其实，我不想这样的。"

我说："我知道，你有自己的难处。"

黑影吃惊地问："你怎么知道?"

我说："因为你的举动告诉我，你不像个穷凶极恶的家伙。"

黑影奇怪地问："那，那你怎么还把钱给我?"

我说："我不想看到你进监狱，再重复我十年前的老路。"

## 一根铁锨把

大栓家盖房子，就把一些乱七八糟的东西放到二栓家。平时，兄弟俩关系不错，放在那里还不和放自已家里一样，大栓觉得很放心。

有一天，大栓发现前几天他刚砍好的一根铁锨把没了，问二栓。二栓说："王老六急等着用，我送给王老六了。"

"那是我家的东西，你凭啥送人?"大栓气得脸都红了。

"不就是一根锨把吗，我以为你用不着呢。"二栓嗫嚅着。

"说得轻巧，现在一根锨把二三十块呢！再说了，你逞什么能？就是送人也用不着你啊!"大栓觉得，这可不是一根锨把的事，是没把他这个当哥的放在眼里呢。

二栓说："那，那我赔你。"

二栓跑到铁匠铺，花三十块钱买了一根上好的锨把，送到了大栓家。

大栓没想到二栓真去买了，好你个老二，我说你两句，你就给我脸子看，你这不是拿锨把打我的脸吗？大栓说："这样上好的锨把俺可用不起，我就要我那根。"

这不是刁难人吗？二栓二话没说，扛起锨把走了。

二栓跑了三里多路，上气不接下气地赶到工友王老六家，也不答话，换了锨把就走。身后王老六追着问："兄弟，你这是干啥呢？有那根将就着使就行了，大老远的，还让你给我送根好的来，你说，让我怎么感谢你呢?"

二栓心里火着呢，送你个头啊，都是你给我惹得麻烦。

二栓气喘嘘嘘地来到大栓家，放下那根锨把，头也不回地走了。

从此大栓和二栓，这对要好的兄弟，再也没有说过话。

# 一支烟

邹六从上海打工回来，恰好碰到二疤瘌他们几个在村口的老槐树下唠嗑，二疤瘌一眼望见邹六，穿着光鲜，手里拎着个大行李箱，老远便咋呼起来："哎呦，那不是邹六吗？都混成大老板了。"

二疤瘌迎上去，嬉笑着接过行李箱，几个人围着邹六嘘寒问暖。

邹六掏出香烟挨个分给张三、李四、大疤瘌……最后轮到二疤瘌的时候，烟盒里就剩下一支了，邹六却没有递给二疤瘌，抽出来，在烟盒上敲了几敲，优雅地送到了自己嘴上。

二疤瘌的脸立时成了紫茄子，他的喉头上下动了几下，咽下几口口水。

刚才还机关炮似得，就是二疤瘌的话多，突然一下子就哑了。

二疤瘌的脸扭曲着，想哭。当然没有人注意他的表情。

二疤瘌连声招呼也没打，悄悄地走了。

二疤瘌径直去了村里的小超市，掏出一张红彤彤的老头票，啪的一声，往柜台上一拍："拿瓶好酒来，再来盒好烟！"

小卖部的王大头有些摸不着头脑，这小子，一项都是赊账的，"怎么？今天发财了？"

二疤瘌没好气地说："发不发财关你屁事，行了，钱甭找了，留着下次来拿。"

回到家，二疤瘌抽着好烟，喝起了好酒，可他的心情一点也没有好起来。不一会儿，二疤瘌的哭声就从他屋里传了出来："妈的，瞧不起我？我日你祖宗！"

## 我清仓了

小李在陶瓷厂上班，具体地说是从事仓库保管的美差。

闲暇的时候，小李总爱琢磨股票。经过一番摸索，小李还真琢磨出了门道，练就了一手涨停清仓的绝活。

这不，小李刚完成了一笔交易，又是恰到好处的涨停清仓，5000 块钱稳稳当当地揣进了小李的口袋。朋友们说，这你可得请客啊！经不住朋友的死缠烂打，小李约上张三、李四、王五、赵六下了酒馆。

在朋友们的一片喝彩声中，小李有些飘飘然，感觉自己真的成了股神，不，本来就是股神嘛！小李已经忘乎所以，放开了量和朋友们海喝，小李喝高了，东倒西歪地赶去上班。

仓库门口，早已等候多时的厂长抬头看看表，面带愠色地问：都几点了？

小李：5250 点。

厂长：我是问你什么时候？

小李：涨停的时候。

厂长急了：少废话，客户等着呢！赶紧出仓！

小李打了个酒嗝：出不了啦，我早已清仓了。

厂长气得直拍桌子：你别以为你是我的小舅子，我就奈何不了你，你要再不好好干，我就让你上车间抱碟去！

小李：暴跌！暴跌关我屁事！

厂长：你……话没说完，厂长口吐白沫倒了下去。

小李大喊：靠！你看你那点出息，我还没买进呢！

## 解气的矶子石

二歪腋下夹着袋子走到碳场的时候，看到村长开着自家的三轮车正在挑选，二歪扭头就要走，就听村长喊：“二歪，也买碳啊。”二歪哼了一声。前几天，为了浇麦子的事，二歪和村长干了一架，到现在还生气呢。村长问二歪买多少？二歪说：“俺家穷哩，烧不起哩，就买一千斤。”村长说：“今年碳贵啊，七毛多钱一斤呢，我也只买一千斤。”

村长随手把身边的塑料袋子扔给二歪：“好好捡，矶子石挺多的。”二歪想，妈的，又抓老子的差啊？浇麦子的时候都不照顾老子，这回想着了。二歪不想干，可想想日后还有事求村长哩，二歪无奈地拿起了袋子。看着村长净选发光的块煤，二歪想，当官的没一个好东西，平时占便宜都占惯了，趁村长不注意，二歪抓起矶子石就扔进了袋子里，心里说：“看我怎么整你!”

过好称，村长说：“二歪，上车!”还要让我帮你往家搬啊，逮住不花钱的小工啦，不过，想着给村长装了七八十斤的矶子石，二歪还是觉得挺解气，心的话，你村长不是能吗？这回也栽到老子手里了。

眼看着村长过了自家的家门还往东开，二歪急忙喊：“村长，开过了。”村长说：“没过，我今天也不怎么忙，这车就先给你家送去吧，眼看十一点半了，你不是还急等着接孩子吗?”

## 炒股起家

不会炒股仿佛成了二等公民，连和别人拉呱都拉不到一块，王五终于按捺不住，也开始炒股。凭着有点内部消息，王五很快炒出了名堂。

刚上班，王五便迫不急待的打开电脑，盯着看大盘走势。局长进来的时候，王五全然不知，局长拍了拍王五的肩，什么也没说就走了。

王五走坐不安，上班时间炒股，发现一次罚款五十元，更要命的是全局通报，在职工会上公开检讨，咱丢不起人啊！王五拿不定主意，是不是去找局长说说，饶了这一回。

王五正左右为难，办公室主任来叫，让他到局长室一趟。

局长一脸平和，上班时间不许炒股知道吗？知道，知道。你坐吧。看着局长没有怒容，王五悬着的心总算放了下来。听说你炒股挺在行？还行，一年有几万元的收入吧。局长的眼里闪着光芒，我工作忙，这样吧，我出钱，你看准了的股也给我买上和你一样的份额……

王五和局长成了好朋友，局长有空就将王五喊了去商讨股票的事。不久，王五被提拔为科长。

半年后，局长跟着王五炒股挣了两万元。王五也由科长变成了副局长。

一年后，局长退休，推荐王五做了局长。职工们像过年一样高兴，可以跟着王局长炒股挣大钱喽！

王五说，挣个屁！为了哄局长开心，我投进去了多少钱？老局长挣的那些钱都是我自己出的呀！

## 希望在拐角

两只饥饿的蝴蝶被放进木箱，透过前面的玻璃墙，它们可以望见无边的花海。

蝴蝶们高兴地向着花海飞过去，一头撞到玻璃上。

一只蝴蝶不死心，向着外面的花海拼命飞，一次次地碰壁后，它仍然没有放弃，尽管伤痕累累，它还是爬起来努力地飞呀飞，一次，两次，三次……蝴蝶的头碰歪了，眼碰斜了，翅膀也折断了，最后再也没能爬起来。

另一只蝴蝶贴着玻璃来来回回地盘旋，终于，在拐角处觅到缝隙，蝴蝶收拢身子，小心翼翼地挤了出去。

出来的蝴蝶抖了抖翅膀，飞进了无边的花海。

绝处逢生，原来，希望在拐角等着呢！

## 楼房就要倒塌

烈日炎炎。田老师像往常一样步入教室，伴随着粉笔在黑板上欢快地飞舞，他开始给学生们上课。

一切都是那样安详。

突然，大地颤抖，整个楼房都在哆嗦……

“不好！地震啦！”不知谁惊恐地喊了一嗓子。

教室里乱作一团。

学生们惊呼着向门口拥去。

“别挤！”田老师立在门旁，沙哑着嗓子喊，“依次跑出去！”

六十多个学生，一个接一个，从田老师面前冲出门去。

楼房剧烈地晃动，传来噼里啪啦的断裂声。

田老师突然从队伍里拽出一个人，吼道：“你小子还是班长呢！最后一个走！”

班长焦急地瞪着田老师，站到一旁。

同学们快速地从班长和田老师面前跑过去。

楼顶发出痛苦地呻吟，不时有破碎的水泥落下来，楼房在慢慢地倾斜。终于，教室里只剩下田老师和班长。

班长竟来拉田老师。“快走！”田老师用力一把将班长推出了门。

就在此时，倾斜的楼房轰的一声坍塌了。破碎的水泥和砖块淹没了班长，淹没了田老师。

满眼的尘土。

同学们拼命地用手扒着废墟，哭喊：“田老师——班长——田老师——班长——”

田老师没有回音。班长没有回音。唯有风儿在呜咽……

后来的追悼会上，一位女教师哭得死去活来，地震中学校里唯一出事的那两个人是她的亲人，一个是她的丈夫，一个是他的儿子。

## 有枣没枣打一杆子

考了几家院校，没有被录取。三妮垂头丧气。

同学捎信，明天，还有一家艺术院校招考。

三妮已没有勇气再去应考。父母劝她说，权当是一次锻炼吧，有枣没枣打一杆子。

三妮步行六十里山路，等赶到现场的时候，招考刚好结束。

三妮不禁仰天长叹，我的出路在哪里呢？连应试的机会都没有。三妮往回走出几十步，又折了回来。三妮想，既然来了，有枣没枣打一杆子。三妮恳求考官说，我起早赶了六十里山路，可还是没能赶上，能不能给我一次机会，让我试试，不是为了录取，哪怕给我点拨一下也好。

考官说，那就随便唱首歌吧。

三妮演唱了一首《路在何方》，声情并茂。

考官吃了一惊，取出纸笔问：姓名？哪里人？

不久，三妮被该校录取。

后来，三妮成了著名的歌唱家。

## 到底谁错了

王五是个直肠子，又是头倔驴，他看不惯的事情，要是不给个说法，他是绝对找个没完："那可是跷蹊，办不了？我就不信那个邪！"

王五给检察院写信，反映科长的事情。两个月过去了，没有音信。王五直接去了检察院："我敢拿性命担保，我反映的事句句属实，为啥不办？那可是跷蹊，办不了？我就不信那个邪！"

检察院的人说：放心，我们不会冤枉一个好人，也绝不会放过一个坏人，你反映的问题，我们正在组织调查。

很快，调查有了结论，科长贪污公款两万元。另外，科长还交待了与某女职员的风流韵事。

法院进行公开审理，判处科长有期徒刑两年。

开除党籍，开除公职，昔日风风光光的科长，如今竹篮打水一场空，什么都没有了。

人们同情科长，辛辛苦苦干了大半辈子，再有一个月就内退了，临了临了，怎么出了这么一档子事。就因为这么一点钱，连以后基本的生活保障都丢了，真可怜。

同事们还说，王五这人够狠，听说要不是王五盯着不放，科长也不会被处理的这样重。往日无怨、近日无仇的，干嘛非把人家往死里整？

同事们再看王五的眼神就怪怪的，见了王五像躲瘟神一样，唯恐避之不及。

来年，单位人事调整，各科室人员重新优化组合，王五成了万人嫌，竟然没有一个科室愿意要他。

王五糊涂了，难道是我真的做错了？

## 垂直打击

杨林发誓，这辈子一定要娶一个漂亮媳妇！再也不能让后人长得像他一样丑了，以至于三十好几的人了都还说不上媳妇。

他不相信，上帝会不开眼，杨林拼命地挣钱，从建筑的小工干起，到大师傅，到小包工头，直到组建了自己的公司。嘿！你还别说，有了钱还真管用，杨林如愿以偿地娶了一位美眉做老婆。

杨林舒了一口气，心又提到了嗓子眼，也不知听谁说的，女儿长相随老子，儿子才随他妈，要是生个女儿像他一样丑还怎么嫁人呢？杨林每天虔诚地去教堂祷告：求上帝保佑，让我老婆生儿子，一定生儿子。

忐忑地熬了十个月，产房里终于传出了一声嘹亮的哭声，医生说：恭喜你，是个儿子！杨林高兴地一蹦老高，上帝啊，终于遂愿了。

他琢磨着，随他妈一定很漂亮，没错，大伙儿都这么说呢！

杨林凑到眼前一看，差点背过气去，妈呀，简直就是怪胎！儿子竟然比他还丑，上帝啊，你不是开眼了吗？怎么又闭上了呢？

杨林怒气冲冲地找医生，你们敢掉包！我找院长告你们！医生不屑地说：告我们？笑话！我们和你无冤无仇的为啥给你掉包，嘁！孬地里还能长出好苗子？

杨林头发都竖了起来，冲上去揪住医生的领子咆哮：明明是你们搞错了，还想推卸责任？我老婆可是万里挑一的美女呢！再说了，儿子就是随我也不会比我还丑！你们这些不负责任的家伙，要是说不明白，我和你们没完！

医生一把推开杨林的手，冷笑着说：你哄谁啊？两年前，你老婆就是在我们医院做的整容手术！

## 流星雨

没有月亮的夜晚，天是黑的，星是亮的。

他和她站在拱桥上，背倚着栏杆，遥望天际边的星星。

他无语，她亦无语。男人手中的烟头在这暗夜里无声地亮了灭，灭了亮。

他想不通，以前小鸟依人的她，怎么变得这样絮叨，这样固执，这样不近人情。

她想不明白，以前他对她那么好，事事都顺着她，宠着她，现在竟然冲她吼，还三天两头地不着家，她知道自己絮叨，可她是为了他好。

男人终于打破沉默：既然在一起痛苦，还不如分手算了。

女人听了，眼泪流下来，她泪眼婆娑地仰望星空，天上一颗流星划过，拖着一丝长长的光亮，就像惆怅的回忆。

女人转过身，叹口气：那好吧，既然两颗行星不能进入一个轨道，又何必勉强，我祝你幸福。

女人说完，决绝地走了。

男人只想杀杀女人的威风，没想到，女人会这么决绝，他以为，她会像以前一样哭着求他，然后他把她揽入怀中，一切又都和好如初。

这次，女人没有回头，她在路上想，相爱的人是不会把婚姻一而再、再而三地当做儿戏的。

望着女人远去的背影，男人心灵深处飘落起漫天的流星雨，只有躯壳呆立在无边的暗夜里独自忧伤……

## 辣椒炒肉丝

头儿在饭馆请手下的三名得力干将——钱、赵、李，三人受宠若惊。

表面上三人嘻嘻哈哈，波澜不惊，实际上为了更高的职位，钱和赵在暗暗角力，唯独李无思无盼。

不一会儿，服务员端上来一盘辣椒炒肉丝，头儿先尝了一口，嘴里立时像冒了火，他不动声色地点着头：嗯，不辣，香！来，一起尝尝。

紧挨着头儿的钱夹起一筷子，嚼一小口，吸着凉风说：嗯，不辣，确实香！

赵夹起一筷子放入口中，眼圈微微一红，也说：嗯，不辣，确实香！香！

李也迫不及待地夹起一筷子，猛嚼了两口，突然哇的一声吐出来，放下筷子大喊大叫：辣死我了！你们怎么骗人呢？

头儿把脸一沉：胡说，我说不辣，就是不辣，对不对？

钱、赵不住地点头：对！头儿说的没错，不辣，确实是不辣！

李歪着头说：辣就是辣嘛，为啥非把黑的说成白的呢？

头儿不高兴了：我说了算，还是你说了算？

李仍然坚持：当然是事实说了算啦！

头儿说：那好！既然你不愿意吃，吃其他菜吧。

钱和赵看着窘迫的李，洋洋得意。

头儿转身微笑着对钱和赵说：你们两个既然吃着香，就赏给你们吧，都吃了，要不然，扔掉就可惜了。

## 大　师

陆羽和阿松是好朋友。一天，陆羽到市委办事顺便看望阿松。阿松兴高采烈地拉着陆羽的手不无夸张地说：“哎呦，大作家怎么有空来啦？请坐，请坐。”说着瞅了一眼旁边的老李。

老李起身笑嘻嘻地说：“我出去一趟，你们聊，你们聊。”

陆羽表面上生气，心里可美滋滋的，“阿松，你一惊一乍的干啥呀？”

阿松说：“我就是说给老李听，整天和我们吹他有个什么朋友，大师级的作家，哼！我的朋友也是作家，出过好几个集子呢。”

正说着，进来一位戴眼镜的中年人找老李。阿松说：“刚出去，找他有事啊？”

中年人说：“也没什么要紧事，我新出了本书，路过这里，顺便过来给他。”

阿松轻蔑地说：“呦，作家呀！巧了，我给你介绍一下，这是我朋友，陆羽，我们市著名作家，大师级的。”

中年人一脸谦恭：“哦，您就是陆羽先生，拜读过您的大作。”

陆羽不无得意地说：“大作不敢当，书嘛倒是出过几本。”

中年人把书放到老李的办公桌上，打声招呼走了。

阿松满脸不屑地说：“有什么了不起，不就出了一本破书吗？”

陆羽拿起书，只见扉页上写着：“敬请李辉先生雅正——老 K”。陆羽的脸刷地红到了耳根。

老 K——全国著名作家。

## 怪　病

包工头阿松是个吝啬鬼，钱进了他手里，要想再拿出来，比要了他的命还难。

一天，阿松刚收到十万元的承包款，民工老李就来讨要工资。老李说，他儿子出了车祸，急等钱用。阿松不耐烦地说，工程还没验收，钱还不知道什么时候能来呢，再等等吧。

后来，阿松听说老李的儿子因为缺钱抢救不及时死了。当时，阿松的心里就咯噔了一下，没想到从那以后，阿松就落下了胸闷的毛病，而且一天比一天厉害。去市立医院检查，医生说，一切正常。

回来后，阿松觉得胸闷更厉害了。阿松只好去省城求一位有名望的老中医，老中医把过脉，又看了看舌苔，也没给开药，只说了一句话：心底无私，气自畅。阿松想了想，脸不由得一红，回家后，就把拖欠民工们的工资全发了。

说也奇怪，自从发了民工工资，阿松胸闷的毛病竟然渐渐地好了。

可有一件事阿松就是想不明白，每次收了承包款，只要阿松想窝在手里不给民工们发工资，阿松的胸口就闷得慌。开始的时候阿松很懊恼，但看到愿意跟着自己干活的民工越来越多，揽的工程也越来越大，阿松似乎一下子明白了什么，以后，即使遇到资金困难，他也没有再拖欠民工的工资。

现在，阿松早已是拥有上千职工的集团公司总裁，胸闷的毛病也已不药而愈。

# 黑面饺子白面饺子

六十年代初期，刚刚渡过了饥饿年代，虽然生活已经有了很大改善，但在当时的农村，粮食还是不够吃。我父亲兄弟姊妹七个，一大家子人呢，让大家填饱肚子成了奶奶最烦心的事。那时候地瓜是主食，连玉米也很少能够吃上，吃饺子更是奢望，只有逢年过节的时候才能吃顿饺子。小孩子们就天天盼着过年，过年能吃上饺子啊。

这一年的年三十，奶奶破天荒包了两大盖垫饺子，有白面的，有黑面的，说是让孩子们吃个够。

白面是小麦粉的，黑面是地瓜干的。那年头天天吃地瓜，胃都吃伤了，谁还愿意吃地瓜的啊。

热气腾腾的饺子端上来的时候，大家吃黑面的，也吃白面的，唯独二叔尽挑白面的吃。

奶奶说："二蛋啊，尝个黑面的。"

二叔说："你不是说谁愿意吃啥就吃啥吗？我吃白面的。"

奶奶用筷子夹起一个黑面饺子放到二叔碗里。二叔不高兴地撅着嘴说："又逼人吃。"

二叔无奈地咬了一口黑面饺子，却突然惊叫了起来："怎么是肉馅的啊？你们也不早说，光让我吃素馅的啊！"

二叔摸着圆滚滚的肚子，再好的肉馅饺子也吃不下了。

# 毛　孩

村里一户方姓人家有个孩子，大家都叫他毛孩。因为他生下来的时候，除了脸和手与其他孩子一样外，浑身长满了密密匝匝的黑毛。当时毛孩的爹觉得是个怪胎，要扔了。毛孩的娘不同意，孩子再丑也是娘身上掉下来的肉，怎能扔了呢。

毛孩特好动，特喜欢爬高，一会儿爬树，一会儿爬墙头，有时候，三两下就能蹦到自家屋顶上。大家都说这孩子会飞檐走壁。毛孩的爹娘感到奇怪，从来就没有人教他啊？

一天，毛孩的娘烙了两张大饼，将其中的一张用刀切了，包好，递给毛孩说，给你爹送去。毛孩喜滋滋地说，这就去。等娘切完了第二张大饼，看到毛孩还在院子里玩，娘就不高兴了，不是让你送饼了吗？毛孩说，我回来了呀，不信你问爹。毛孩的娘心里疑疑惑惑的，咋能这么快？有二三里地呢。下午，男人收工回来说，今天的饼真香，还烫嘴哩。

毛孩长到十岁的时候，经常独往独行，娘不放心。毛孩说，和其他孩子一起玩闷得慌。一天，毛孩手里拿着一个拨浪鼓回来了。娘问，哪来的？毛孩说，城里一个爷爷送的。城里离咱村五十里地呢，你怎么去的？毛孩说，这还不容易，一眨眼就到。毛孩的娘心里惶惶的，这孩子来无影去无踪的，长大了要是不听话谁能管得了啊？

娘就想管住毛孩。一天晚上，毛孩睡熟的时候，娘看见毛孩的脚掌心里竟长出了半尺长的发丝。肯定是这发丝作怪，娘这样想着，狠狠心，拿起剪刀就把发丝剪断了。毛孩惨叫一声，昏死了过去，大病一场后，毛孩身上的毛也全脱落了。

从此，毛孩再也不能行走如飞。

## 神 算

老七昏头涨脑地钻出车来，看到湖边的凉亭下有一算命先生，颇有几分仙骨。

老七上前有一搭没一搭地问："先生能算什么?"先生一愣，继而说："前世、今生，官运、财运，吉凶、祸福。"老七叹了口气："先生能看看我的财运吗?"先生看一眼老七："你为财力所困，身心俱疲。"老七一个劲地点头，心说，我到湖边来就是不想活了呢。先生突然话锋一转："不过，只要用心谋事，不久必峰回路转，柳暗花明。"老七喜不自胜，慌忙掏出一百元塞给先生，说："若如先生所言，来日必当重谢。"言毕，匆匆离去。

不久，老七果然打赢了久拖不决的债务官司，而且还赢得了一笔大订单，存货全部出售，稳赚了好几万。老七连着几天去湖边寻先生，直到第三天的时候才遇见先生。老七激动地说："多谢先生点拨，若非先生开导，别说赚钱，恐怕连我的命也早就没了，先生真乃神算!"老七掏出一千元答谢，先生坚辞不就。

老七赞叹着刚走出不远，隐隐约约听到先生身旁的一个女人说："你也会算命？这么多年我怎么从来就没听说过?"先生说："都怪你，要我给你买什么算命的书看，还让我装扮成先生，我怕他打扰我们约会才哄他快点走的呀!"

## 雨夜集训

那一年，天连降暴雨，我和老马领命，连夜去巡视离镇最远的野鸡岭水库。

夜黑漆漆的，车灯射出两道白茫茫的光柱。除了刷刷的雨声，车外是死一般的沉寂。

车刚驶上野鸡岭，意外就发生了。

在路过一段陡坡时，车灯突然灭了，我赶紧拿出手电筒，却怎么也摁不亮，我和老马正狐疑，忽然听到了跨跨的脚步声，隐隐约约还听到有人喊号子：“一、一、二、一……杀！杀！杀！”

心里惶惶的，幸亏老马车技好，路段熟，等摸黑出了那段陡坡，车灯又忽然亮了，再摁手电，居然也亮了。

以后，这种情况又遇到过几次。

我们问当地的一位老人，他说：“相传是八路军的一个连，当年为了掩护百姓转移，在这山坡上和鬼子激战全都牺牲了，后来，每逢阴雨天的午夜他们就在这儿训练杀敌……”

## 怪脾气的老郝

老郝脾气怪，养了一头猪七年了，前几天有人出双倍的价，他愣是不卖。他说，猪通人性哩。

一天，老郝到镇上的朋友家喝酒，碰巧下雨，晚上十一点，老郝起身告辞。朋友说："太晚了，还要经过那片树林，住下明天走。"他听了头一梗："小瞧你哥哩。"

老郝歪歪斜斜地上了路。

望着黑黝黝的树林，他不由打了个哆嗦。前不久，树林里发生了一起无头尸案，到现在还没破案呢。为了壮胆，他不停地嚷嚷："我是老郝，谁也别惹我！"谁成想，树林深处竟有人接话："不就是脾气怪吗？有什么了不起！"

老郝壮着胆子吼："脾气怪怎么了？有种的，出来和老子单挑"。树林里再也没有了声音。

老郝正狐疑，突然看到不远处有一头肥猪，白里透红，浑身发着桔红的光，连路也照得畅亮起来，从来没见过这么好的肥猪呢。

老郝一门心思地去追那头发光的猪，却怎么也撵不上，那猪还不时回头挑衅似地看他，老郝生气，猛追，眼看就抓住了，那头猪却噗通一声掉进了水里，借着微弱的光，他看清情况后倒吸一口凉气，好端端的路怎么成了深水沟呢？

老郝百思不得其解，这时他的手机响了，老婆带着哭腔说："你也不早点回来，咱家的那头猪突然疯了，硬生生地从一米多高的栏里急蹿出来，七八个人也逮不住，刚掉到水沟里淹死了……"

## 殉　情

杏儿提出分手，阿桂一急之下爬上了大桥的护栏要跳河。阿桂妈和邻居一大群人跑来劝阿桂，阿桂说："站住，你们谁也别过来，谁再往前一步我就跳下去。"

阿桂妈焦急地对身边的柱子说："快，快去叫杏儿，阿桂最听杏儿的话。"

不一会儿，柱子拉着杏儿赶了过来。杏儿面无表情地看了一眼："阿桂，我来了，下来吧！"阿桂说："杏儿，你知道我有多么喜欢你吗？你答应不离开我，我就下去。"杏儿说："行了阿桂，别演戏了，你那点心思我还能不知道。"阿桂来了劲，杏儿不说那句话就是不下来。杏儿生气了："行！你不下来是吧？有本事你就跳下去！"阿桂说："杏儿，我都这份上了你还不相信我，好，今天我就死给你看！"阿桂猛然向桥外一歪，整个身子悬在了半空，两腿蹬了没几下就掉了下去。

杏儿急了，翻过栏杆紧跟着跳了下去救阿桂。阿桂妈紧张的话都说不成了："柱子，快，快救阿桂啊，他不会水。"柱子跳下河，和杏儿一起将阿桂救上了岸。

事后，柱子对阿桂佩服得不得了，没想到胆小如鼠的阿桂为了追杏儿竟做出如此壮举。柱子说："你真的没害怕？"阿桂说："鬼才不害怕，悬在桥上的时候，我把裤子都尿湿了。"柱子听了哈哈大笑："那你还往下跳。"阿桂脸一红："我只是想吓唬吓唬杏儿，谁知道竟失了手呢。"

# 做梦娶媳妇

麦城有个青年叫阿松，父母早亡，家里一贫如洗，人又长的不咋地，三十出头了也没处上对象。阿松急。

有一天，阿松做了一个奇怪的梦，梦中有个白发白眉白胡子的老头说："到南方的花城去吧，你的姻缘在那儿。"阿松高兴极了。

第二天，阿松收拾简单的行李，坐六百里火车一路颠簸去了花城，花城虽然不大，却也别有一番繁华，尤其是满大街的美女晃的阿松眼都疼了，这么多美女啊！看来真还有戏。

阿松在大街上逛了大半天，也没见哪个美女上前搭讪做他的老婆，眼瞅着天就黑了，阿松看见有个叫夜来香的旅馆亮着灯，刚到门口就让人一把推进了屋，几个纹着身的壮汉围着阿松一阵拳打脚踢。

为首的络腮胡子恶狠狠地问："老实说，从哪儿来？"

阿松瑟缩着说："从北方的麦城来。"

络腮胡子死死地盯着他："来干什么？"

"讨老婆，是一个白胡子老头托梦给我的。"阿松胆怯地回答说。

"放屁！我们注意你在这条街上东张西望的老半天了，肯定是公安的线人，给我往死里打。"络腮胡子猛地一拍桌子，向其他几个人甩了甩头，雨点般的拳脚落到阿松身上，不一会儿他就昏死了过去。

半夜醒来的时候，阿松发现自己躺在野外的草地里，阿松爬起来，一瘸一拐地去了附近的派出所……警察顺藤摸瓜，将络腮胡子一干人等全部抓获，经审查原来是一特大贩毒团伙。阿松报案有功，获奖5万元。

领奖后，阿松匆匆赶回麦城，不久，将老宅拆了，建起了漂亮的新房，嘿！你说那个巧，紧接着就有媒婆找上门来，很快阿松娶上了媳妇。

## 神奇的馒头

那一年闹灾荒，庄稼十种九不收。人们吃了上顿没有下顿，实在没办法了，就吃野菜、吃草根、吃树皮。

有一天，小松揣着半块野菜叶掺着黑地瓜面蒸的窝头，到南山上挖草根。有个妇人走过来说，她的孩子快要饿死了，问小松有没有吃的。小松二话没说，掏出半块黑窝头全给了妇人。

这天，小松又到山上挖草根，那妇人带着一个男孩过来说，多亏了那半块窝头，才让男孩撑到他父亲借粮回来，现在他们有吃的了。小男孩热情地约小松到他家玩，临走，那妇人将一个白面馒头送给小松。小松高兴地接过来说："我把它带回家给娘吃，说不定能治好娘的病呢。"因为长时间缺粮，小松的娘得了浮肿病，连床都起不来了。

小松回到家，掰了一小块馒头用开水泡了，一点一点地喂给娘吃。第二天，娘竟奇迹般地好了。问明馒头的来历，娘起身去看那馒头，竟然还好好的，一点都没少。小松跑去感谢那户人家，哪里还见踪影。小松和娘知道这馒头是宝贝，可她们并没有独享，以后村里谁家断了粮，小松和娘都会掰一小块馒头给他们，靠着这个神奇的馒头一村人平安地渡过了灾年。

说也奇怪，第二年风调雨顺后，那个馒头就神秘地消失了。

## 高级人才

公司面临重大发展机遇，急需一名高级专业技术人才。

总经理特意安排人力资源部部长老杜专程到全国各地网罗人才。经过一个多月的运作，最终确定了三名合适的人选。

在这三名人选当中，老杜最看好那个光脑门的曹教授，曹教授在一所大学的研究所工作，目前正在从事他们公司经营的那种高级产品研发，专业技术绝对全国一流，只是苦于资金不足，产品研发进展不快。

老杜将工作情况向总经理作了详细汇报。总经理说："你安排时间，我亲自和他们面谈。"为了表示公司对人才的重视，第三天，公司派专车将三位高级人才接了过来。

总经理逐一和他们进行了面谈。第一位进去的时候和总经理谈了一个小时，第二位进去的时候和总经理谈了三十分钟，第三位，也就是曹教授，进去的时候只和总经理谈了十分钟。

最后，总经理把老杜叫了进去，说："这三个人我都没看中。"

老杜有些惊讶，他们三个可是我万里挑一选出来的，怎么会？老杜试探着问："为什么？"

总经理说："第一个张口就要年薪一百万，我怎么和他讲价，他也不松口，最后，我只好选择了放弃。"

"那第二个呢？"

"第二个，要价倒是不高，年薪五十万，可是五十万跟一百万差着一大截呢，我想，他的技术肯定不如前面的那个人高。"

老杜说："那个曹教授应该行啊？"

总经理把头摇得像拨浪鼓："你说那个光脑门啊？那就更不行了，他只问公司能提供多少科研经费，年薪的事只字不提，一个连高薪都不敢要的人，他的技术能高到哪儿去？"

## 内　奸

梦幻茶吧一间豪华包厢里，阿松让服务小姐出去，随手关了门。

从公文包里取出一个包裹，阿松放到桌上说："这是花花公司花二代化妆品最新研制配方，我要二百万。"

阿林盯着阿松："有点贵了，听说，上次你卖给我们的花一代配方白白浪费了我们木木公司一百万，这次你得便宜点。"

"就二百万，我给你百分之十的提成怎样？"

"我这人向来不拿回扣，一百五十万。"

阿松想了想说："你可不如上次的那个曹总了，好！算你狠，成交！"

阿林定定地看着阿松说："问一句不该问的话，花总对你不薄，你为什么还要背叛他？"

阿松说："因为他的出现，我心仪已久的女友离开了我，我恨他，我混进花花公司辛辛苦苦十年，就是要伺机报复，哪怕是坐牢，我也要把他搞垮。"

阿林说："既然你决心已定，写个字据吧，我好回去向木总交差。"

阿松取出纸笔很认真地写道：今将花二代化妆品最新研制配方卖给木木公司，价格一百五十万，请连同上次的欠款二十万一并付清。落款：阿松。

阿林将字据折好，放进衣兜，突然哈哈大笑："阿松，现在证据确凿，你还有什么话说？"门外进来两个壮汉。

阿松一愣："你不是木木公司的林总吗？"

"没错！我是木木公司的林总。"

"那你？"

“你很奇怪我为什么这样做吧？实话告诉你，为了拿到你犯罪的证据，花总将我从国外秘密招回来，然后通过关系介绍我去木木公司担任了副总，没想到会是这样吧？”

“你？”阿松鼻子都气歪了，恶狠狠地瞪着阿林咬牙切齿地吼了一嗓子：“内奸！”

## 紫云洞里的宝贝

老曹信佛，跪在佛祖的神像前求了七七四十九天。

佛祖说："你想求什么？我可以满足你一个愿望。"只要有了钱，莫说房子、车子，什么买不到？他急忙回答佛祖："我想要珠宝。"佛祖说："南山脚下有个紫云洞，里面有珠宝，自己去挖吧。"

老曹咚咚咚给佛祖磕了三个响头，起身回家。带着镐头、铁锨，老曹秘密上了南山。按照佛祖指点的路线，老曹拐过十八道弯，在深山里的一块巨石旁果然找到了一个洞。这个洞还真有点奇怪，虽然有十几米深，里面却亮亮堂堂的如同白昼。老曹脱了褂子，挥动着膀子卖力地挖了起来，老曹不停地挖呀挖，两手起了血泡。七天七夜后，老曹把镐头一扔，不干了，哪里有什么宝贝？佛祖蒙我呢。

过了一些时日，老曹偶然路过紫云洞，看到一位外乡人在那里吃力地挖洞，老曹问："你干什么呢？"外乡人说："挖宝贝。"老曹笑了："这里我早挖过了，哪里有什么宝贝？"外乡人说："佛祖说有呢。"老曹说："傻蛋！你挖吧，还宝贝，全是石头。"

隔了十天，老曹又好奇地上了紫云洞，看到那个外乡人还在不停地挖，老曹说："真是个笨蛋，都二十多天了，你见过珠宝的影子吗？"外乡人也不停下，只是说："佛祖说有呢。"

一晃半个月又过去了，老曹再次去了紫云洞，他想看那个傻瓜的笑话，这次非好好羞辱他一番不可。刚到洞口，就听外乡人兴奋地喊了一嗓子："珠宝！一箱子珠宝哎！"老曹冲上去一看，嘴立时咧到了后脑勺，老曹后悔死了："这些珠宝，本来应该是我的呀！"

# 鸟　语

五岁的小雨得了一场重病后不幸双目失明，父母愁得整天唉声叹气。小雨安慰说："虽然我看不见东西，可我能听懂小鸟说话呢。"母亲擦眼抹泪地对父亲说："看，连性格都变得怪怪的了。"

有一天，小雨对父亲说："小鸟们议论，在南山脚下的老槐树上撞死了一只野兔呢，你去拿吧。"父亲有些疑惑，骑了摩托车去看个究竟，在老槐树底下果然捡到了一只七八斤重的野兔。慢慢的乡邻们都知道小雨懂鸟语了，村里谁家找不到鸡呀、牛呀、羊呀什么的就去问小雨，小雨再问问小鸟就知道在哪儿了。

一天下午，母亲正在烧火做饭，树上的小鸟突然叽叽喳喳地叫个不停，小雨听了急急地喊："妈！快去告诉王婶，王伯伯突然在地里晕倒了。"母亲跑到王婶家又叫了几个壮劳力一起去了王婶家的责任田，只见老王锄头扔在一边，人已经昏迷了过去。经医院检查是急性脑溢血，医生说，幸亏送得及时，要不就没救了。

小雨的事传开后，大伙儿都可怜这个心地善良的孩子，有一个富翁还主动出钱帮着小雨看病，在小雨八岁那年眼病竟然治好了。

富翁非常高兴，派车将小雨接到家中，想让他帮着养鸟，原来富翁是专门做养鸟生意的。小雨听着满院子的鸟叫只摇头，他再也听不懂鸟语了。富翁满腹狐疑："奇怪，眼睛好了，怎么就听不懂鸟语了呢？"

## 眼　睛

一对恩爱夫妻突然患病，男人双目失明，女人生命垂危。

临死前，女人将眼睛献给了心爱的男人，手术非常成功，没有出现任何排异反应。

半年后，康复的男人和女人生前的女友结了婚。开始的时候，男人对女友很好，过了不长时间，男人看女友的眼神总是怒气冲冲的，无论她怎样悉心照顾他，他都看她不顺眼，三个月后，女友和男人离了婚。

第二年春天，男人新找了一个女人。经历了上次婚变，男人对女人格外好，可女人受不了男人整天幽怨地盯着她，两个月后，这个女人也离开了男人。

后来，好心的媒婆又给男人介绍了几个女子，她们见过男人后，仅打过一个照面就没有了下文。

一直到老，男人再也没有结过婚。

临终前，男人听到妻子的声音："原谅我吧，我实在看不惯第三者插足。"

## 总能派上用场

单位发了一张《在外工作人员统计表》，职工的亲属凡是在外地工作的都要统计，而且要详细填写工作单位、职务等等。

儿子在省财政厅当处长，郝琳深以为荣，匆匆填好后就要上交。这时，隔壁王大姐拿着空白表格走进来，看着郝琳填好的表摇头："你还真如实填啊？不怕给自己找麻烦？"郝琳说："怎么？有什么不妥吗？"王大姐说："你真不知道啊？现在到处都在招商引资，这些信息到了领导那儿可都是资源，我有个邻居，儿子在省政府工作，结果单位的领导天天让他找儿子联系项目，你儿子在财政厅，又是处长，领导还不天天找你要资金啊？"

郝琳一听，笑着说："这个我倒没想过，那就把职务删去，填办事员。"王大姐说："那领导也还会找你牵线，因为你儿子总该跟科长和处长们熟啊。"

郝琳想了想："那就填在路路通汽修厂，小维修工。"王大姐笑了，这个主意好，肯定不会有人找了。

统计表上交后，领导果然没有找过她。看到老李、老赵为了跑项目、要资金被领导追得焦头烂额，郝琳就忍不住洋洋得意。

有一天，郝琳突然接到领导的一个电话："喂，是郝琳吗？我的车突然抛锚了，正好在你儿子工作的修理厂门口呢，你赶紧打电话，让他找人把车拖进去修修……"

郝琳一听，汗都出来了，这可怎么办呢？

# 脸　皮

惠子恨透了女友杏儿，要不是杏儿的出现，心仪已久的男朋友绝不会离开自己。肯定是杏儿勾引了他，这个坏女人。

看着昔日的男友和杏儿出双入对，惠子妒火中烧，她要报复。

这一天夜晚，惠子到大街上买了一张恐怖的仿真脸皮贴到脸上，然后，悄悄去了杏儿的住处……

惠子躺在床上，心满意足地回忆着杏儿的惊声尖叫，不知不觉间就进入了梦乡，恍恍惚惚中她听到有个声音在问：惠子，你为什么贴着我的脸皮去做那种事呢？

惠子激灵打了一个冷颤，一下子坐了起来，这才想起，一时高兴，竟然忘了把那张仿真脸皮揭下来。

打开灯，坐在梳妆台前，惠子对着镜子，耐心地一下一下扯着脸皮，怎么扯不动呢？不会吧，惠子将脸贴着镜子细看，天啊！真该死，那张恐怖的脸皮竟然长在脸上了！

第二天，惠子用纱巾裹住脸，心惊胆颤地去美容院做了整容手术，尽管花了不少钱，不过还好，总算又恢复了以前的模样。

三天后的一个夜晚，惠子坐在梳妆台前打扮，看着看着，惠子突然发出一声尖叫，天啊！那张恐怖的脸皮正一丝一丝地自己长了出来！

## 相信自己

初秋的天依然炎热。李志远独自提着简单的行李挤上了南下求学的火车。

爹，回吧。父亲没有做声，依然站在那里等。直到火车启动，父亲才扭头往回走，望着父亲佝偻的背，他心里酸酸的。

高昂的学费，让本来就不宽裕的家更是雪上加霜。

他说，爹，电视上不是常报道边学习边打工吗？我也行。

周末，他从批发市场买了一些擦皮鞋的用品，怕被老师和同学发现，他到离学校很远的宾馆附近去摆摊。第一个周末，挣了二十元，他高兴的都要疯了，一周的饭钱不用愁了呀。迈出了成功的第一步，他由一次挣二十元，到三十元，甚至有一次挣了近六十元呢。在专科就读的两年，他没向家里伸手要过一分钱。

学习的机会如此艰难，李志远倍加珍惜，虽然吃得不好，穿得不好，但学习一定要比别人好，期末考试，他拿了一等奖学金……

第二年开春，李志远参加了一次人才招聘会。他想，凭着优秀的学习成绩和众多的获奖证书，还有打工经历，找工作不成问题，然而，非本科以上学历免谈的牌子还是深深地刺痛了他。为了深造，李志远疯了一样拼命学习。“多少次挥汗如雨，伤痛曾填满记忆，只因为始终相信，去拼搏才能胜利，总是在鼓舞自己，要成功就得努力……”经过半年苦拼，他终于拿到了大学本科录取通知。

入学的那一天，李志远忍不住落泪，站在崭新的校园里，仰望星空，他百感交集，出生我无法选择，但是我可以选择人生，“相信自己，你将赢得胜利创造奇迹，相信自己，梦想在你手中这是你的天地……”

# 代后记：蚂蚁小说时代的大作家

蚂蚁小说这个名称在几年前估计很多人还很陌生，而现在，蚂蚁小说有无数的写作者，有国内近百种报刊刊发，并且，部分蚂蚁小说被选入大学及中学生教材或作文教材、试卷试题，并产生了中国五位金蚂蚁作家和数十名蚂蚁小说名家。

蚂蚁小说作为一种新的文学样式，它因其精巧和精致得到了广大读者的热爱和追捧。正如王豪鸣先生所说：蚂蚁小说的形体细如蚂蚁，却是一个完整的生命体，一个“大力神”；而且它的载体异常灵活，可以自由进入的领地实在太多了，不仅可以刊载于报刊、图书、网络等各种传统及电子媒体，也可以与广告相结合，在作品中出现地名、人名或企业名称，用于各种消费场所的精美图册，墙上的挂框，电梯广告，商品包装，各色贺卡，新年台历，企业广告杂志……总之，一切商业性、休闲性、工具性的书写物件，都是蚂蚁小说的天然载体。所以它打开了一片新天地，这种优势是任何其它小说都无法比拟的。

一位著名文学评论家说：现在是蚂蚁小说时代，现代生活节奏快，人们已没有时间也没有精力去阅读长篇小说。的确如此，蚂蚁小说不但短小，而且精巧、精致，能给人以美的速率刺激，这是其他任何小说都无法比拟的。

因为我之前策划、主编了一系列的文学图书，作为一位蚂蚁小说作家，2010年我获了中国首届金蚂蚁奖后，很多蚂蚁小说作家都渴望我编辑出版一套蚂蚁小说的书籍。我与知名图书策划、出版人张海君老师提到了这件事，并发了几篇蚂蚁小说给张海君老师看，他当时就被这种精巧的蚂蚁小说迷住了，于是一拍即合，这套精致的书便开始组稿、编辑出版了。

中国目前究竟有哪些蚂蚁小说作家是一流的作家？哪些作家的蚂蚁小

说更耐读呢？入选这套书的作品必然是耐读的、入选这套书的作家必然是一流的。比如荣获中国蚂蚁之星大擂台冠军的贾淑玲、亚军白文岭、季军孙逸，还有金蚂蚁作家段国圣、刘聆海、实力派蚂蚁小说作家禾刀、曾勇、彩红，中国蚂蚁小说七天王廖玉群、陈晓真、以及中国蚂蚁小说十星座李小玲、肖淑芹等——

这些作家，都是蚂蚁小说时代的大作家。

肖　晨

2011 年 11 月